# یادگار کلاسیکی افسانے

(حصہ : اول)

مرتب:

سید حیدر آبادی

**Yaadgaar Classic Afsane - Part:1** *(Short Stories)*
by: Syed Hyderabadi
Edition: July '2025
Publisher :
*Taemeer Publications LLC* (Michigan, USA / Hyderabad, India)

ISBN 978-93-6908-156-1



| | | |
|---|---|---|
| کتاب | : | **یادگار کلاسیکی افسانے (حصہ: اول)** |
| مرتب | : | **سید حیدرآبادی** |
| صنف | : | فکشن |
| ناشر | : | تعمیر پبلی کیشنز (حیدرآباد، انڈیا) |
| سالِ اشاعت | : | ۲۰۲۵ء |
| صفحات | : | ۷۰ |
| سرورق ڈیزائن | : | تعمیر ویب ڈیزائن |

# فہرست

**احمد ندیم قاسمی**

# پہاڑوں کی برف

میں نے قلم کو کاغذ پر جھکایا ہی تھا کہ آواز آئی: بے بی بی۔ خدا کی راہ میں ایک آنہ دے دے۔ تیرا بچہ جیوے. میں نے قلم کو واپس قلم دان میں رکھ دیا۔ اگر اس قلم کی قیمت چالیس پچاس روپے نہ ہوتی تو میں اسے یقیناً پٹخ دیتا۔ صبح سے بارہ ایک بجے تک کی سوچ بچار کے بعد مجھے مزے کا ایک فقرہ سوجھا تھا، مگر بھکارن کی آواز نے اسے یوں نوچ لیا تھا جیسے پھونک مارنے سے چراغ کی لو غائب ہو جاتی ہے۔

کیا بھلا سا فقرہ تھا! میرے افسانے کا یہ پہلا ہی فقرہ قاری کے ذہن کو جکڑ لیتا۔

ملازم مکان کی تیسری منزل میں تھا۔ بھکارن کی آواز اس تک شاید نہ پہنچ سکی تھی ورنہ میری ہدایت کے مطابق بھکارن کو اس کی طرف سے، دفع ہو جانے کا مشورہ فوراً ملتا۔ بھکارن بھی ایک ہی آواز لگا کر شاید چل دی تھی۔

یکایک کھوئے ہوئے فقرے کے چند الفاظ گڈمڈ صورت میں ابھرے ایک جلتی ہوئی دیا سلائی بجھے ہوئے چراغ کی طرف بڑھی۔۔۔ اس کا رنگ پہاڑوں کی برف کی طرح صاف تھا۔۔۔ مگر نہیں میں نے برف کے رنگ میں کوئی اور رنگ بھی ملایا تھا۔ لالہ صحرائی کا رنگ، یا شاید شفق شام کا رنگ، یا ممکن ہے۔۔۔ بے بی بی۔ خدا کی راہ میں ایک آنہ دے دے. تیرا بچہ جیوے! تو وہ کم بخت ابھی تک وہیں۔ نیچے صدر دروازے میں کھڑی تھی!

دیا سلائی دھوئیں کی ایک تختی لیکر چھوڑ کر بجھ گئی اور میں پکارا۔ بیاں گھر میں نہیں ہیں۔

بی بی۔ نہیں تو بابو، تو ہی خدا کی راہ میں ایک آنہ دے دے، بے تخی، تیرا بچہ جیوے۔

میں خاموش رہا۔ بھکاریوں سے زبان لڑانا میرا شیوہ نہیں۔ ان کے پاس سب سے بڑی دلیل بھوک کی ہوتی ہے اور مجھے اس دلیل کا کبھی کوئی جواب نہیں سوجھ سکا۔

کچھ دیر کے بعد ذہن کی دھند میں حرکت پیدا ہوئی اور افسانے کا ابتدائی فقرہ جیسے آنکھیں ملنے لگا۔۔۔

اس کا رنگ پہاڑں کی برف کی طرح۔۔۔

دے دے نا تخی۔ تو ہی دے دے نا۔ اب کے بھکارن کی آواز جیسے میرے سر پر گونجی۔ میں نے دیکھا تو وہ میرے کمرے کے دروازے میں یوں کھڑی تھی کہ اس کا پورا دھڑ باہر سیڑھی پر تھا۔ مجھے اس کا صرف ہاتھ نظر آیا جس سے اس نے کواڑ کو پکڑ رکھا تھا۔ اس ہاتھ کا رنگ پہاڑوں کی برف کا سا تھا۔ چمکتا ہوا سفید، مگر کہیں کہیں ہلکی سی نیلاہٹ دیتا ہوا۔ شاید اس کی رگوں کا رنگ تھا۔ مگر اس کے ناخنوں نے مجھے زیادہ سوچنے کی مہلت نہ دی۔ یہ ناخن میل سے اٹے ہوئے تھے اور کٹے پھٹے اور دندانے دار تھے۔ پھر میرے دیکھتے دیکھتے اس کی انگلیوں میں ایک نہایت متوازن حرکت پیدا ہوئی۔۔۔ تو یہ ایسی بے فکری بھکارن ہے کہ بھیک ملنے تک کا وقت گزارنے کے لئے کواڑ پر ڈھولک بجانے لگی ہے!۔۔۔ کیا ایسوں کو بھیک دینا جائز ہے؟۔۔۔ مگر کیا اتنے سفید ہاتھوں کو بھیک مانگنے پر مجبور کر دینا جائز ہے؟۔۔۔ لیکن کیا ہر مجبوری جائز ہو سکتی ہے؟۔۔۔

میں نے تکیے کے نیچے سے ایک آنہ اٹھایا اور بولا یہ لے۔

وہ بولی ادھر پھینک دے بابو۔

نہ جانے مجھے اس بھکارن کے طرز عمل پر غصہ سا کیوں آنے لگا تھا۔ میں نے آنہ پھینکنے کی بجائے پٹخ دیا۔ یہ آنہ کواڑ پر بج کر کمرے کے اندر دہلیز سے کوئی ایک گز کے فاصلے پر رکا۔ بھکارن نے سیڑھی پر سے ہی جھک کر ہاتھ بڑھایا۔ یوں اس کے چہرے کا ایک رخ بھی میرے سامنے آ گیا۔ مگر یہ سب کچھ ایک سیکنڈ کے تیسرے حصے میں ہوا۔ یوں لگا جیسے بجلی سی میرے کمرے میں کوند کر اڑ گئی ہے۔ مجھے دروازے تک پہنچنے میں کل دو سیکنڈ لگے ہوں گے مگر سیڑھیاں خالی تھیں۔ میں پلٹ کر تیزی سے گلی میں

کھلنے والی کھڑکی کے پاس آیا۔ وہ گلی کے نکڑ پر جارہی تھی پاؤں سے ننگی تھی میلے سرخ رنگ کی شلوار پر اس نے سیاہ رنگ کی گھیر ے دار قمیض پہن رکھی تھی، اور اس کے سر اور پیٹھ پر شلوار ہی کے رنگ کی چادر پھیلی ہوئی تھی۔ پھر وہ دوسری گلی میں مڑ گئی۔

بھکارن کے چہرے کی یک رخی جھلک نے مجھے اپنے افسانے سے ہٹا کے یونانی صنمیات کی دنیا میں لا ڈالا۔ وینس اور سائیکی اور افروڈائیٹ۔۔۔ ہر اساطیری خاتون کے ساتھ یہ چہرہ مماثل ہو جاتا تھا۔ یہ چہرہ، جو صرف ایک رخ سے میرے سامنے آیا تھا، اور جتنی دیر میں سامنے کا لفظ بولا جا سکتا ہے، غائب ہو گیا تھا۔ اس اڑتے ہوئے ثانیے میں میرے ذہن نے اس چہرے کی کتنی تفصیلیں محفوظ کر لی تھیں، پتلی اور بے حد سیاہ بھویں۔ موٹی اور بے حد سیاہ آنکھیں۔ لمبی اور بے حد سیاہ پلکیں۔ ستواں ناک میں نتھنوں کا بے حد خفیف ابھار۔ بے حد سرخ ہونٹ۔ بے حد نکیلی ٹھوڑی بے حد سیاہ گال۔ بالکل پہاڑوں کی برف کی طرح۔

پھر مجھے اپنے آپ پر ہنسی آنے لگی۔ دراصل یہ سب کچھ اس ذہنی فضا کا نتیجہ تھا جو میں نے اپنے افسانے کا آغاز کرتے ہوئے قائم کر لی تھی۔ انسان بھی کتنا بے اختیار جانور ہے! اس پر خود اپنے ذہن کا جبر کتنا شدید ہوتا ہے۔ لاحول ولاقوۃ۔ میں قلم اٹھا کر افسانے کا پہلا کھویا ہوا فقرہ ڈھونڈنے لگا۔

مگر چراغ کی بجھی ہوئی لو پہلے کسی کو ملی ہے جو مجھے ملتی! ایسا محسوس ہونے لگا جیسے میں افسانے کا پہلا فقرہ نہ لکھ سکا تو ایک یہی افسانہ کیا، میں کبھی کوئی افسانہ نہیں لکھ سکوں گا جیسے یہی ایک کھونٹی تھی جس پر مجھے اپنے خیالوں کا سارا انتشار ٹانگنا تھا، اور اب یہ کھونٹی ٹوٹ گئی ہے تو میرا ہر خیال پتھر بن گیا ہے اور میں پتھروں کے اس بوجھ تلے دوہرا ہوا جا رہا ہوں۔

پھر ردی خریدنے والے نے گلی میں، ایک سانس میں کوئی بیس الفاظ کا فقرہ نہایت کراری آواز میں ادا کیا اور مجھے اس پر غصہ آ گیا۔ یہ ردی والا پچھلے کئی برس سے ہر روز ایک دو بار اس گلی میں سے گزرتا تھا اور میرے مکان کے سامنے ضرور رکتا تھا۔ وہ جانتا تھا کہ میں پڑھنے لکھنے والا آدمی ہوں، اور ایسے آدمیوں کے ہاں ردی بہت عام مل جاتی ہے۔ میں اس آواز کا عادی تھا۔ افسانہ لکھتے ہوئے بھی میں نے یہ آواز سنی تھی اور میرے افسانے کی روانی میں اس نے کبھی کوئی مداخلت نہیں کی تھی۔ مگر آج مجھے ردی والے پر اتنا غصہ آیا کہ میں قلم رکھ کر اٹھا۔ کھڑکی میں سے نہایت قہر آلود نظروں سے دیکھنا چاہا مگر میری نظر سب سے پہلے گلی کے نکڑ پر پڑی اور مجھے پہلی بار تجربہ ہوا کہ تصور ٹھوس بھی ہو سکتا ہے۔۔۔ بھکارن دوسری گلی میں مڑ رہی تھی۔

میں جیسے اس کے تعاقب میں بھاگا۔ میں کتنی گلیوں اور سڑکوں کو طے کرتا ہوا نہ جانے کہاں جا رہا تھا۔ نہ جانے میں ٹریفک سے کیسے بچا اور چوراہوں کو کیسے پار کیا۔ نہ جانے میں نے کتنے سگرٹ کب جلائے اور کہاں پھینکے پھر جب میں مال روڈ کے ایک چوک میں ٹریفک سگنل کی سرخ بتی دیکھ کر رکا تو مجھے پہلی بار احساس ہوا کہ میں کہیں جا رہا ہوں۔ میں کہاں جا رہا ہوں؟ کیوں بھئی، میں کہاں جا رہا ہوں؟ میں نے اپنے آپ سے پوچھا۔

میں عشق کے سب مرحلوں اور تمام منزلوں سے آگاہ ہوں۔ میں ذرا ذرا سی بات پر رو بھی دیا ہوں اور بڑے بڑے دکھوں کو پی بھی گیا ہوں، مگر مجھے ایسی وحشت کا تجربہ کبھی نہیں ہوا تھا کہ ایک میلی کچیلی، بدبودار اور اجڈ بھکارن کی صرف ایک نیم رخی جھلک نے میرے خون کو کھولاؤ کے نقطے پر پہنچا دیا ہے اور میں وہاں جا رہا ہوں جہاں سے اگر واپس نہ آ سکوں تو شہر کے بچے مجھ پر پتھراؤ کر دیں۔ تو کیا یہ سچ ہے کہ ہر انسان میں تھوڑا سا جنون ضرور ہوتا ہے؟ مگر میرا ایسی جنون کیا کم ہے کہ جب لوگ دونوں ہاتھوں سے دولت سمیٹ رہے ہوتے ہیں تو میں افسانہ لکھ رہا ہوتا ہوں۔ اور جب میرے احباب شراب پی رہے ہوتے ہیں تو میں سوچ رہا ہوتا ہوں کہ ان کے لاشعور میں کس قیامت کے رن پڑ رہے ہوں گے۔ مجھے جنون کی اسی مقدار پر قانع رہنا چاہیے۔

میں گھر لوٹ آیا۔ میں نے رات کا ایک بہت بڑا حصہ اپنے لٹے ہوئے افسانے کا فقرہ سوچنے میں کاٹا مگر جہاں پہاڑوں کی برف میرے ذہن میں آئی، وہیں بھکارن نے سیڑھی پر سے ہاتھ بڑھا کر آئینہ اٹھایا اور کشت خیال میں یونانی اصنام کے چہروں کی ندیاں اُمڈ پڑیں۔

میں صبح کو یوں بروقت اٹھا جیسے رات پوری نیند سویا ہوں۔ پھر اپنے کمرے میں اس اہتمام سے آ بیٹھا جیسے سورج کے نکلتے

ہی دوپہر ہوگئی ہے اور بھکارن اب آتی ہی ہوگی۔ اس مسئلے پر دیر تک میرے اور میرے ذہن کے درمیان خاصی تلخ بحث ہوتی رہی۔ میں کہتا تھا کہ دیکھو تو میرے ہاتھ میں قلم ہے۔ میں تو افسانہ لکھنے بیٹھا ہوں، مگر میرا ذہن کہتا تھا کہ نہیں۔ تم تو بھکارن کا انتظار کر رہے ہو۔ اس وقت تو میں نے الٹا اپنے ذہن کو جھوٹا ثابت کر دیا تھا۔ مگر جب دوپہر کو بھکارن آئی تو مجھے معلوم ہوا کہ میں اسی کا منتظر ہوں۔

آواز آئی ہے بخی۔ خدا کی راہ میں ایک آنہ دے دے تیرا بچہ جیو ے۔

اور میں نے سوچا کہ کیا کسی شاعر نے کبھی اس سے بہتر شعر بھی کہا ہے؟

عجیب بات ہے کہ نہ تو پلنگ پر سے کود کر اٹھا اور نہ قلم کو قلمدان میں رکھا میں نے بڑے خندے انداز میں صرف اتنا کہا۔ ارے تو آج پھر آگئی؟

اس پر مجھے لگا جیسے وہ ہنسی ہے۔ نہایت مختصر مگر نہایت سریلی ہنسی۔ جیسے چینی کی پیالی کو چینی کی پیالی چھو جائے۔ پھر وہ میرے کمرے کے دروازے پر سے بولی۔ بابو تیرا بچہ جیو ے۔

میں نے دیکھا تو وہ میرے کمرے کے دروازے میں کھڑی تھی کہ اس کا پورا دھڑ باہر سیڑھی پر تھا۔ مجھے اس کا صرف ایک ہاتھ نظر آیا جس سے اس نے کواڑ کو پکڑ رکھا تھا۔ اس ہاتھ کا رنگ پہاڑوں کی برف کا سا تھا۔ اور مجھے ایسا محسوس ہوا جیسے وہ کل سے یہیں کھڑی ہے۔ وہ ازل سے یہیں کھڑی ہے۔

یکا یک میں ڈرا کہ کہیں وہ کواڑ پر ڈھولک نہ بجانے لگے۔ کل میں نے اس کی انگلیوں کی متوازن حرکت سے اپنی شدید ہتک محسوس کی تھی۔ بھیک اتنی بے نیازی سے نہیں مانگی جاتی۔ بھکارن کو بھیک سامنے آکر مانگنی چاہیے۔ طوائفوں تک نے اپنے لیے اخلاق کا ایک ضابطہ مقرر رکھا ہے۔ بھکارن کو کم از کم بھیک مانگنے کا سلیقہ آنا چاہیے، سو شاید اس کی بے نیازی کو شکست دینے کے لئے، یا گذشتہ آٹھ پہر کی بھڑکتی آگ کو بجھانے کے لئے، یا یونہی بے ارادہ میرے منہ سے نکلا۔ لے جا۔

"لا" وہ بولی اللہ تجھے بہت دیوے بخی۔ اللہ تیرا بچہ جیو ے بخی۔

ایک دم وہ ساری کی ساری اندر آگئی میں اپنے حکم کی اتنی بھرپور تعمیل کے لیے بالکل تیار نہیں تھا۔ میں نے ایک آنہ اتنی تیزی سے اس کی بے حد گلابی ہتھیلی پر گرا دیا جیسے وہ آنے کے انتظار میں ذرا دیر اور اسی طرح میرے سامنے کھڑی رہی تو میں کھڑکی میں سے کود جاؤں گا۔

مگر وہ آنہ لے کر بھی اسی طرح کھڑی رہی میں نے گھبرا کر اس کی طرف دیکھا تو وہ شلیف پر رکھے ہوئے مٹی کے ایک کھلونے کو دیکھ رہی تھی۔

میں نے اس ایک لمحے میں اس کے سراپا کا اس نظر سے جائزہ لیا کہ کوئی خامی نظر آئے تو اسے اپنے ذہن میں سے نوچ کر پھینکنے میں آسانی ہو مگر یکا یک اس نے میری طرف دیکھ کر پوچھا۔ ہرن ہے؟

میں نے کہا۔ نہیں۔ ہرنی ہے۔

وہ بے اختیار چینی کی پیالیوں سے چینی کی پیالیاں بجاتی دروازے میں سے نکل گئی۔

میں تیزی سے کھڑکی میں آیا۔ وہ ایک آنے کو بچوں کی طرح اچھالتی اور جھپٹتی ہوئی جا رہی تھی۔ پھر وہ دوسری گلی میں مڑ گئی۔

عورت فطرت کی نہایت خوب صورت تخلیق ہے مگر حسن تخلیق کی داد کا بھی ایک قرینہ ہوتا ہے۔ نو شگفتہ پھول کو دیکھ کر ہمارے احساسات کو ایک انگڑائی سی آتی ہے اور ہم آگے بڑھ جاتے ہیں۔ شفق میں رنگے ہوئے بادلوں کو ہم پیار سے دیکھتے ہیں اور اپنے کاموں میں لگ جاتے ہیں۔ رات کو چھت پر گرتی ہوئی بوندوں کی موسیقی چند لمحوں کے لئے ہمیں آسمانوں سے اترا ہوا سازینہ معلوم ہوتی ہے اور پھر ہم سو جاتے ہیں میں نے خوب صورت عورتوں کو بھی ہمیشہ اس قرینے سے دیکھا ہے حسن کی طرف ذرا سی زیادہ توجہ دیجئے تو پھر آپ کسی اور طرف ذرا مشکل ہی سے متوجہ ہو سکیں گے۔ مگر جب کوئی حسن زبردستی اتر آئے تو زندہ رہنے کی دو ہی راہیں باقی رہ جاتی ہیں۔ یا تو حسن سے نفرت کرنے لگو اور بھیڑیے کی طرح مار مار کر کھاتے ہوئے مر جاؤ یا پھر دنیا کے

دوسرے تمام کاموں سے ہاتھ کھینچ لو اور سمندر کے ساحل کی سی زندگی گزار دو کہ وہ فقط ایک کام کرتا ہے۔ وہ سمندر کے پھلتے ہوئے حسن کے لئے اپنا آغوش ہر لحہ کھولے رکھتا ہے۔ کبھی کبھار موجیں اسے چند سیپیاں دے جاتی ہیں، مگر ایک اور موج آتی ہے اور ان سیپیوں کو بھی سمیٹ لے جاتی ہے۔ اس کے باوجود ساحل کا آغوش ازل سے کھلا ہے اور ظاہر ہے کہ اس یک طرفہ کاروبار میں کوئی قرینہ نہیں ہے۔

یہ سوچ کر حسن یہ سوچ مجھے بھی ساحل کی سی افتادگی کی طرف لیے جارہی ہے۔ مجھے اپنے آپ پر ایک بار پھر ہنسی آگئی۔ مجھے تو یہ سوچ کر قلوپطرہ پر بھی ہنسی آجاتی ہے کہ اس کی ناک ننھی سی تھی۔ اتنی بڑی ملکہ اتنی ذرا سی ناک کے ساتھ کیسی عجیب لگتی ہوگی، اور میں تو سپارٹا اور ٹرائے کی فوجوں پر بھی یہ سوچ کر مسکرا دیتا ہوں کہ جب ہیلن کی جوانی ڈھل گئی ہوگی، تو اسے دیکھ کر طرفین اپنی اپنی حماقت پر کیسے کیسے جھینپتے ہوں گے۔ ہنستے ہوئے میں نے قلم اٹھایا اور یوں لکھنے بیٹھ گیا جیسے آج افسانے کا ایک پہلا فقرہ ہی کیا، آخری فقرہ بھی لکھ کر اٹھوں گا۔

اس کا رنگ پہاڑوں کی برف کی طرح صاف تھا۔۔۔ اس کا رنگ ان پہاڑوں کی برف کی طرح صاف تھا، جن پر ۔۔۔ اس کا رنگ پہاڑوں کی اس برف کی طرح صاف تھا جو۔۔۔ اس کا رنگ پہاڑوں کی برف کی طرح اس حد تک صاف تھا کہ۔۔۔

اور پھر چینی کی پیالیوں سے چینی کی پیالیاں بجنے لگیں۔

ایک موج آئی اور ساحل کو یادوں کی نمی بخش کر پلٹ گئی۔

اتنی گلابی اس قدر گلابی، اس حد تک گلابی ہتھیلی پر صرف ایک آنہ چمکا اور میں نے اپنے آپ کو گالی دے دی۔۔۔ کمینہ، بڑا حسن کار بنتا ہے۔ فطرت کی اس شہ رگ کے پھیلے ہوئے ہاتھ کی قیمت کیا صرف ایک آنہ ہے؟ تف ہے تجھ پر اور تیری حسن کاری پر!

دوسرے دن کی دوپہر تک کا وقت میں نے اس مجرم کی طرح گزارا جو جرم کرنے کے بعد اپنے اندر جھانکے تو اس کا ضمیر اس پر تھوک دے۔۔۔ ان دنوں تو ایک آنہ میں ایک چپاتی بھی نہیں آتی!

مگر سارے لاہور میں صرف میں ہی تو میں ہوں جس سے اس نے ایک آنہ لیا ہوگا۔ نہ جانے پورے دن میں اس نے کتنوں کے سامنے ہاتھ پھیلائے ہوں گے؟ تو کیا جس طرح وہ میرے پاس آئی ہے، اسی طرح دوسرں کے ہاں بھی جاتی ہوگی؟ سارا شہر مجھے اپنا دشمن نظر آنے لگا۔۔۔ اچھا تو ذہن میں نراجیت یوں پیدا ہوتی ہے!

کل رات میری کشت خیال میں صرف یونانی اصنام کے چہروں کی ندیاں اندتی رہی تھیں۔ مگر آج رات تو ادھر ایک چہرہ نمودار ہوتا، ادھر ایک شعلہ سا بھڑک اٹھتا پھر دھواں سا چھا جاتا۔ پھر پتھر سے برستے۔ پھر ایسی آوازیں سی آئیں جیسے کوئی شیشے کی کرچیاں چیں رہا ہے۔ میں نے فیصلہ کیا کہ کل سارا دن گھر سے باہر رہوں گا۔ کل کسی ڈاکٹر سے بھی مشورہ کروں گا۔ کل نماز بھی پڑھوں گا۔

مگر صبح بہت دیر سے آنکھ کھلی نماز کا وقت نکل چکا تھا۔ نہانے اور ناشتہ کرنے میں بھی خاصی دیر لگی اوپر ہی کی منزل میں بیٹھا اخبار پڑھنا شروع کیا تو دوپہر تک پڑھتا رہا۔ جب ملازم نے آکر کہا کہ پڑوسی چند منٹ کے لیے اخبار مانگ رہا ہے۔ تو میں نے وقت دیکھا۔ یکا یک کسی چیز نے جیسے میرے اندر اچھل کر مجھے کمرے سے باہر سے اور میں سیڑھیوں پر سے اتنی تیزی سے اترا کہ بچے بھی یوں نہیں اترتے ہوں گے۔ اپنا کمرہ کھول کر میں سیدھا کھڑکی کے پاس گیا اور گلی میں جھانکا۔ دو بچے سگرٹ کی ڈبیوں سے مکان بنا رہے تھے اور گلی میں ایک بڑھیا گزر رہی تھی جو ہوا سے بھرے ہوئے برقعے میں بہت چھوٹی لگ رہی تھی۔

میں پھر اوپر کے کمرے کی طرف لپکا اور ملازم سے پوچھا۔ کوئی مجھ سے ملنے تو نہیں آیا تھا؟

وہ بولا۔ ''آپ سو تو نہیں رہے تھے صاحب، کہ کوئی آتا تو میں نہ بتاتا۔''

مزید کریدنے کے لیے مجھے کوئی دوسرا قرینے کا سوال نہ سوجھ سکا اور ملازم جیسے اپنے آپ سے کہنے لگا۔ ''بس صبح صبح ایک

سبزی والا تھا، یا اخبار والا، یا پھر ابھی ابھی وہ منگتی آئی تھی"۔۔۔مجھے اپنی طرف گھورتا دیکھ کر وہ بولا۔" کوئی بھی تو نہیں آیا صاحب۔کیا آپ نے کسی کو وقت دے رکھا تھا؟"

میں جواب دیئے بغیر پلٹ آیا۔تو وہ آئی بھی اور چلی بھی گئی! تو وہ اتنی غیر اہم تھی کہ اس کے آنے کے باوجود کوئی نہیں آیا تھا!

کیا فرشتوں کو یہ زیب دیتا ہے کہ وہ آج کے دن کو بھی میری زندگی میں شمار کریں!

سیڑھیوں پر سے آہستہ آہستہ اترتا ہوا میں گلی میں آ گیا۔ پھر دوسری گلی میں سے ہوتا ہوا سڑک پر آیا اور دور تک نظریں دوڑائیں کہ شاید وہ کسی راہ گیر کا دامن تھامے کھڑی ہو۔شاید کسی دکان کے سامنے پڑی ہوئی سڑی چیزوں میں سے کوئی کم سڑی ہوئی چیز چن رہی ہو۔شاید وہ کسی درخت کے تنے کے ساتھ لگ کر اداس کھڑی ہو کہ آج اس کی لگی بندگی آمدنی میں سے ایک آنہ کٹ گیا۔

سڑک پر معمول کی زندگی رواں تھی جیسے کچھ ہوا ہی نہیں۔

اور واقعی کچھ بھی نہیں ہوا تھا۔یہ کتنی عجیب بات ہے کہ انسانوں کے اندر کے طوفان ان کے اندر ہی چلتے رہتے ہیں۔ہر انسان کے اندر سے اس کا طوفان باہر آجائے تو کیسی قیامت برپا ہو جائے۔

میں واپس اپنی گلی میں آیا تو بچوں نے سگرٹ کی ڈبیوں سے پنج منزلہ مکان تعمیر کر لیا تھا اور میرے ساتھ والے مکان کے دروازے پر ایک بی بی، وردی والے کے ہاتھ اپنی اولاد کی پرانی کاپیاں بیچ رہی تھی۔

اور وہ میرے مکان کی دہلیز پر بیٹھی تھی۔۔۔تو میری خیرات اس کے لئے اتنی اہم ہے؟۔۔۔وہ مجھے دیکھ کر مسکرائی اور بیٹھے بیٹھے ایک طرف ہٹ کر مجھے راستہ دے دیا۔اس کے پاؤں اتنے میلے تھے جیسے وہ غلطی سے کسی دوسرے کے پاؤں لگا کر چلی آئی ہے۔البتہ آج اس کے ہاتھ دھلے ہوئے تھے اور ناخن کٹے ہوئے تھے! آج تو تمہارے ناخن کٹے ہوئے ہیں۔میں نے یوں فاتحانہ انداز میں کہا جیسے محض میرے پاس آنے کی تقریب میں اس نے اپنے پیکر میں یہ خاص اصلاح کی ہے۔

اور اس نے اپنے ہاتھ یوں گود میں چھپا لئے جیسے کہیں سے چرا لائی ہے اور اب پکڑی گئی ہے۔پھر چینی کی پیالی سے چینی کی پیالی چھوٹی اور میں اوپر لپکا۔اپنے کمرے کا دروازہ کھول کر میں نے اسے بلانا چاہا مگر پھر رک گیا جیسے میرے منہ سے ایک لفظ نکلا تو سارے شہر میں گونج جائے گا۔پھر میں نے اشارتاً اسے اوپر آنے کو کہا اور وہ ادھر آنے لگی، مگر مجھے دروازے میں کھڑا دیکھا تو وہ سیڑھیاں چھوڑ کر رک گئی۔اس نے بھویں اٹھا کر اوپر میری طرف دیکھا اور میں یوں ایک طرف ہٹ گیا جیسے نہ ہٹا تو کہیں نیچے ڈوب جاؤں گا۔

میں نے اپنے تکیے کے نیچے سے ایک اٹھنی اٹھائی اور اس کی طرف بڑھا دی۔اس نے ہاتھ پھیلایا مگر اٹھنی دیکھ کر کھینچ لیا۔نہیں بابو میرے پاس بھان نہیں۔

تم اٹھنی لے لو۔میں نے اس کے بھولپن سے خوش ہو کر کہا۔

پوری؟ اس نے پوچھا۔

میں نے مسکرا کر کہا۔ہاں۔تمہارے پاس بھان جو نہیں ہے۔

ایک آنہ لینے والی بھکارن کے لیے اٹھنی ایسی ہی ہے جیسے افسانہ نگار کی ایک لاکھ کی لاٹری نکل آئے۔سو میں نے طے کر لیا کہ اس نے اٹھنی کے لیے ہاتھ پھیلایا تو میں اسے کلائی سے پکڑوں گا، اور ظاہر ہے جائز طور سے پکڑوں گا کیونکہ میرے پورے آٹھ آنے اس کے پاس ہوں گے۔پھر جب میں اس کی کلائی اپنی گرفت میں لے لوں گا تو اس سے کہوں گا۔۔۔میں اس سے کہوں گا۔۔۔میرے افسانے کا پہلا فقرہ ایک کوندے کی طرح میرے ذہن میں چمکا اور پہاڑوں کی برف پر شفق برس پڑی۔مگر قبل اس کے کہ میرا ذہن پورے فقرے کو سنبھالتا، میں نے دیکھا کہ وہ جا رہی ہے۔

اٹھنی تو لیتی جاؤ میں کچھ ایسے لہجے میں بولا جیسے کوئی نگا عشقیہ شعر پڑھ رہا ہوں۔

وہ پلٹ کر، اور دروازے میں سے جھانک کر بولی۔ لے تو نی تخی۔

یہ میں نے بہت بعد سوچا کہ میرے اٹھنی دکھانے اور اس کے جانے کی ایک صدی میں وہ ایک لمحہ کب وارد ہوا تھا جب میں نے اسے اٹھنی دی تھی، اور جب میں نے یہ سکہ اس کے ہاتھ پر رکھا تھا، تو اس کی کلائی پکڑ لینے کا فیصلہ مجھے کیوں یاد نہیں آیا تھا۔

پھر ایک دم مجھے احساس ہوا کہ میرا کچھ کھو گیا ہے۔ اٹھنی کے علاوہ میرے افسانے کا پہلا فقرہ بھی اپنے ساتھ لے گئی تھی وہ مجھے صرف اپنا چہرہ دے گئی تھی، جو اس کے جانے کے بعد دیر تک دروازے میں سے جھانکتا رہا۔ پھر وقفے وقفے سے دکھائی دینے لگا۔ پھر دھندلا گیا۔ پانچویں دن تو وہ بالکل غائب ہو گیا۔ میں نے چھٹے اور ساتویں دن شہر کی سب لائبریریوں میں یونانی سنگ تراشی پر لکھی ہوئی ضخیم کتابیں چھان ماریں مگر مجھے وینس سائیکی اور افروڈائیٹ کے شہروں میں وہ چہرہ نظر نہ آیا جوان سب سے کسی نہ کسی تفصیل میں مختلف تھا شاید بھکارن کے نتھنوں کے خفیف ابھار نے اس کی ناک کے دونوں طرف، وینس کی ناک کے مقابلے میں زیادہ متناسب قوسیں پیدا کر دی تھیں۔ یا شاید سائیکی کی گردن بھکارن کی گردن کے مقابلے میں کوتاہ بھی تھی اور میلی بھی، یا ممکن ہے افروڈائیٹ کے مقابلے میں بھکارن کے ہونٹوں کے گوشے زیادہ گہرے، زیادہ جذباتی تھے میں اس بارے میں یقین سے کچھ نہیں کہہ سکتا۔ بھکارن کا چہرہ اپنے مجموعی تاثر کی صورت میں مجھے ضرور یاد تھا مگر جب میں اس کی صرف آنکھوں یا صرف گالوں یا صرف ہونٹوں کے بارے میں سوچتا تو سارا چہرہ برف کی طرح پگھلنے لگتا۔

ساتویں دن، شام کے قریب مجھ پر یکا یک انکشاف ہوا کہ میں نہایت بے معنی زندگی گزار رہا ہوں۔ چہرے غالب کے شعر نہیں ہوتے کہ جب چاہو اٹھا کر پڑھ لو۔ یہ تو سامنے آتے ہیں اور گزر جاتے ہیں۔ چہرے تو لمحے ہیں اور لمحے کب واپس آئے ہیں تم نے ایک چہرہ دیکھا۔ مانا کہ یہ بے حد حسین، بے حد عجیب چہرہ تھا، لیکن جیسے یہ چہرہ جس کے بارے میں تم سوچ تک نہ سکتے تھے کہ کسی عورت کا ایسا چہرہ بھی ہوگا۔ یکا یک تمہارے سامنے آیا اور گزر گیا، اسی طرح کئی اور چہرے آتے رہیں گے اور گزرتے رہیں گے، اور اگر تم ہر چہرے پر سے نظریں ہٹانا بھول گئے تو آخر کار ایک روز تمہیں معلوم ہوگا کہ تمہارے ہمدردوں نے تمہیں پاگل خانے بھجوا دیا ہے۔

ہفتے میں یہ پہلی رات تھی جب میں سکون سے سویا۔ جب میں اٹھا تو سورج کافی چڑھ آیا تھا۔ ناشتے کے بعد میں نے پہلا کام یہ کیا کہ اپنے افسانے کا پہلا فقرہ لکھنے بیٹھ گیا۔ جلتی ہوئی ایک دیا سلائی بجھے ہوئے چراغ کی طرف بڑھی اور پہاڑوں پر برف چمکنے لگی۔ ہر طرف ہزاروں آئینے لگ گئے جب میں ہزاروں سورج چمک رہے تھے پھر خیرگی کے اس طوفان میں ایک چہرہ ابھرا اور آواز آئی۔

بے تخی

میں پلنگ پر سے کود کر اترا اور دروازے میں سے جھانکا۔ پھر بجلی کی سی تیزی سے سیڑھیاں اتر کر گلی میں پہنچ گیا۔ پھر دوسری گلی میں چلا گیا۔ پھر سڑک پر آ گیا۔ وہاں معمول کی زندگی رواں تھی جیسے کچھ ہوا ہی نہیں۔

اور واقعی کچھ بھی تو نہیں ہوا تھا۔ صرف اتنی سی بات ہوئی کہ محلے کے ایک تانگے والے نے میرے پاس آ کر حیرت سے پوچھا۔ کیوں بابو جی۔ خیریت تو ہے؟ آپ ننگے پاؤں کیوں کھڑے ہیں؟

تانگے والے نے میرے ننگے پاؤں دیکھ لیے تھے، مگر میرے ذہن کو، جو زخم زخم ہو رہا تھا، ایک تانگے والا کیا۔ کسی نے بھی نہ دیکھا۔ کوئی کسی کے زخم نہیں دیکھتا۔ شاید اس لیے کہ زخم دیکھنے دکھانے کی چیز نہیں ہیں، یا شاید اس لیے کہ سب کے اپنے اپنے زخم ہوتے ہیں۔

تو کیا یہ زخم جو میرے ذہن میں ہے، کسی اور کے ذہن میں بھی ہے؟ اگر ہے تو وہ کہاں ہے کہ میں اسے اپنے سینے سے لگا ذرا سا رو لوں۔ انسان آخر زخموں کے ان ناطوں کو کیوں چھپاتے پھرتے ہیں جو ظاہر ہوں تو سب انسان پیار سے ایک دوسرے کو لپٹا لیں۔

تانگے والے کو جواب دیے بغیر، میں واپس اپنے کمرے میں آیا اور بستر پر سر سے پاؤں تک چادر اوڑھ کر یوں پھیل کر

لیٹ گیا جیسے کڑے کوسوں کا سفر طے کر کے آ رہا ہوں۔ میں نے آنکھیں بند کر لیں اور اپنے ذہن سے رجوع کیا، مگر اس نے بھی آنکھیں بند کر رکھی تھیں۔ سب سو رہے تھے۔ چاروں طرف نہایت ڈراؤنا سناٹا مسلط تھا۔ آج ردی والا بھی کہیں مر گیا تھا۔

میں نے غنودگی کے عالم میں دیکھا کہ بھکارن میرے کمرے کے دروازے پر کھڑی ہے اور کہہ رہی ہے۔ خدا کی راہ میں ایک آنہ دے دے بخی، تیرا بچہ جیوے۔

میں نے چادر نوچ کر پھینک دی۔ وہ دروازے پر سچ مچ کھڑی تھی اور کہہ رہی تھی۔ خدا کی راہ میں ایک آنہ دے دے بخی، تیرا بچہ جیوے۔"

میں کچھ ایسے لہجے میں بولا جیسے وہ باقاعدہ میرے نکاح میں ہے اور میں اس سے ہر قسم کی جواب طلبی کر سکتا ہوں۔ تم اتنے دنوں کہاں تھیں؟ میں نے ڈانٹ کر پوچھا۔ کیا تمہیں معلوم ہے کہ آج تم پورے ایک ہفتے کے بعد میرے پاس آئی ہو؟

میرے لہجے کا اثر صرف اس کی آنکھوں پر ہوا جو آج کسی گلابی دوا کے حلقے میں بجی ہوئی تھیں۔ ان کی آنکھوں میں ایک عجیب سی چمک پیدا ہوئی۔ وہ چمک جو انتہائی پیار ڈر کی حالت میں پیدا ہوتی ہے۔

بولو۔ کہاں تھیں تم؟ میں کڑکا۔

میں یہیں تھی بابو۔ اور کہاں تھی۔ وہ بچے کی طرح بولی۔

تو پھر تم ایک ہفتے تک آئیں کیوں نہیں؟ میں نے اسی لہجے میں پوچھا۔

اور وہ بولی۔ میں اکھنی جو لے گئی تھی بخی۔ ایک آنہ اس دن کا۔ باقی سات آنے سات دنوں کے آج آٹھواں دن تھا تو آ گئی۔

بھکارن کا چہرہ پھرکی کی طرح گھوما اور ایک آن میں پہاڑوں کی برف تڑاخ پڑاخ کر کے چٹخی اور اس کے بڑے بڑے چٹانوں کے سے تودے چیختے چنگھاڑتے ہوئے آئے اور میرے سر پر ٹوٹنے لگے۔ وحشیوں کی طرح میں نے بستر پر سے تکیہ اٹھا کر دور پھینک دیا اور اس کے نیچے پانچ پانچ دس دس روپے کے جتنے بھی نوٹ رکھے تھے۔ انہیں مٹھی میں لے کر میں بھکارن کی طرف بڑھا۔ اس کی کلائی کو لکڑی کی طرح پکڑ کر میں نے یہ نوٹ اس کی مٹھی میں ٹھونس دیئے اور چیخا۔ "ان روپوں میں جتنے بھی آنے ہیں، اتنے دنوں سے اگر تم ایک بھی دن پہلے یہاں آئیں تو ٹانگیں توڑ دوں گا۔ جا، دفع ہو جا۔"

OOO

اے حمید

# دیوداسی، گلاب اور دریا

دریائے کرنافلی بہہ رہا تھا۔

اور میں سندربن کے گنجان جنگل میں سنبل کے ایک درخت کے ساتھ لگا، روپا کی راہ دیکھ رہا تھا۔ لیکن میں روپا نہیں آئی تھی۔ اور شاید اب وہ کبھی نہ آئے۔ ڈاک بنگلے میں جب میں نے آرنسٹ دوست کو روپا کی کہانی سنائی تو اس نے اپنا چینٹ میز پر رکھ کر حیرانی سے مجھے دیکھا۔

''شاید تم نے کوئی خواب دیکھا ہے؟''

لیکن میں نے خواب نہیں دیکھا تھا۔ یہ کیسے ہوسکتا ہے کہ پام اور ناریل کی چھاؤں میں چھپے ہوئے درگا دیوی کے قدیم مندر کی سیڑھیوں پر ایک سندر لڑکی ماتھے پر تلک لگائے، شانوں پر سیاہ کالے بال بکھرائے، ہاتھ میں پیتل کی تھال میں روبل کی کلیاں سجائے ملے۔ میری طرف مسکرا کر دیکھے اور مجھے اپنے پیچھے چلے آنے کا اشارہ کرے اور پھر اگلی صبح کو وہاں کچھ بھی نہ ہو۔

مجھے اچھی طرح یاد ہے جب میں نے پہلی بار ڈوبتے سورج کی روشنی میں مندر کی سیڑھیوں پر دیکھا تو اس نے گیروے رنگ کی ساڑھی پہن رکھی تھی اور اس کے صندلیں شانے کھلے تھے اور سیاہ بالوں کے مہک بھرے سائے اس کی کمر پر لہرا رہے تھے۔ اس نے مسکرا کر میری طرف دیکھا اور منہ موڑ کر مندر کی طرف چلی گئی تھی اور مجھے راگ مالکونس کی قدیم استھائی یاد آ گئی۔

مکھ موڑ موڑ مسکات جات
کیسی رسیلی نار کر سولہ سنگار
مکھ موڑ موڑ مسکات جات

اور پھر جب میں نے مندر کے تاریخی ہال کمرے میں قدم رکھا تو ایک پتھریلے استھان پر اسی دیوداسی کی مورتی تھی اور دیوار گیر میں شمع جل رہی تھی جس کی سنہری روشنی میں دیوداسی کے رخسار سرخ گلابوں کی طرح جل رہے تھے۔ پھر اس نے مورتی کے آگے روبل کی کلیاں رکھیں۔ دوزانو ہو کر بیٹھ گئی اور ہاتھ جوڑ کر اس نے آنکھیں بند کر لیں اور کبیر کا یہ بھجن گایا۔

نین بھرے تمری اور
کیوں لیو مکھ موڑ سکھوا
نین بھرے تمری اور

میرے نین بھی دیوداسی کی طرف تھے اور اس نے منہ پھیر لیا تھا اور آنکھیں بند کر لی تھیں اور پھر جب اس نے آنکھیں کھولیں تو وہ آنسوؤں سے تر تھیں اور یوں لگ رہا تھا جیسے کنول کے پھول کرنافلی دریا کی لہروں سے بھیگ کر نکلے ہوں۔ پھر وہ آہستہ سے اٹھ کر میرے پاس آئی اور سامگری سے چندن لے کر اس نے میرے ماتھے پر ٹیکا لگایا اور مسکرائی۔ شمع کی روشنی میں اس کے دانت گولکنڈہ کے موتیوں کی طرح چمکنے لگے۔ پھر اس نے میرا ہاتھ تھاما اور مجھے مندر کے دوسرے ایوان میں لے گئی۔ اس ایوان میں دیواروں پر ہزاروں برس پرانی دیوداسیوں کے مجسمے کندہ تھے اور ہر زاویے میں رقص کا ایک روپ تھا۔

میں نے اس دیوداسی کی مورتی کی طرف اشارہ کرتے ہوئے کہا۔

''یہ میری آج سے ہزاروں برس پہلے کی مورتی ہے اور میں نے حیرت کے عالم میں دیوداسی کی مدھ بھری سیاہ بھوزا آنکھوں کی طرف دیکھا۔ مجھے ان آنکھوں کی تاریک اور روشن گہرائیوں میں مہاکال اور قدیم عہد کے کئی روپ بنتے بگڑتے دکھائی دیے اور میرے عقب میں کرنافلی دریا کی لہروں کا سنگیت تیز ہو گیا اور جنوبی سمندروں سے آنے والی تیز اور مرطوب ہواؤں میں پام کے درخت اور ناریل کی ڈالیوں نے زور زور سے جھومنا شروع کر دیا۔ اور مجھے یوں محسوس ہوا جیسے مندر کی فضا

ملکوتی سنگیت سے بھر گئی ہے اور دیوار کی ایک ایک مورتی نیم روشن موسیقی بھری فضا میں رقص کر رہی ہے، گھنگروؤں کی آواز، مردنگ کے توڑوں اور ستاروں کی جھنکار میں دیوداسی خود بھی رقص کا ایک شعلہ بن گئی ہے جو بے قرار ہو کر میری طرف لپک رہے ہے۔

پھر جیسے یہ خواب سا ٹوٹ گیا۔ کرنافلی دریا کی لہریں سکون پر آ گئیں اور شمع کی دھیمی دھیمی روشنی میں دیوداسی نے میرا ہاتھ تھاما اور مجھے مندر سے باہر لے آئی۔ مندر کی سیڑھیوں پر اس نے گلاب کا سرخ پھول مجھے دیا اور یہ کہہ کر مندر میں واپس چلی گئی۔

"کل ضرور آنا میں انتظار کروں گی"

اور پھر جب کل میں اپنی سیاہ مدھ بھری آنکھوں والی دیوداسی سے ملنے سفید گلاب کا پھول ہاتھ میں لے کر مندر کی سیڑھیوں پر گیا تو وہاں گھاس اگی ہوئی تھی۔ مندر کی دیواریں شکستہ ہو رہی تھیں۔ مندر کی پتھریلی دہلیز جنگل اور خودرو جھاڑیوں میں چھپ گئی تھی۔ چھتوں میں کبوتروں نے گھونسلے بنا رکھے تھے۔ ایک گلہری میرے پاؤں کے اوپر سے کود کر سال کے قدیم درخت پر چڑھ گئی۔

مندر ویران تھا اور دو ہزار برس پرانی تاریخ کے کرم خوردہ اوراق کی داستان دہرا رہا تھا۔ نہ وہاں کوئی مورتی تھی اور نہ دیوداسی۔ مندر کے ہال میں گہرا اندھیرا اور سیلن تھی۔ میں نے دیا سلائی جلائی اور اس کے روشنی میں مجھے وہی دیوداسی اپنی مدھ بھری آنکھیں جھپکاتی مسکراتی نظر آئی۔ میں مندر سے باہر نکل آیا۔ میرا آرٹسٹ دوست کہتا ہے کہ میں نے کوئی خواب دیکھا ہے اور میں اس پرانے سنبل کے درخت کے نیچے کھڑا اپنی دیوداسی کا انتظار کر رہا ہوں اور کرنافلی دریا بہہ رہا ہے۔ یہ دو ہزار سال تک بہتا جائے گا۔ اور میں دو ہزار سال تک دیوداسی کا انتظار کروں گا۔

OOO

سعادت حسن منٹو

# دھواں

وہ جب اسکول کی طرف روانہ ہوا تو اس نے راستے میں ایک قصائی دیکھا جس کے سر پر ایک بہت بڑا ٹوکرا تھا۔ اس ٹوکرے میں دو تازہ ذبح کیے ہوئے بکرے تھے۔ کھالیں اُتری ہوئی تھی اور ان کے ننگے گوشت میں سے دھواں اُٹھ رہا تھا۔ جگہ جگہ پر یہ گوشت جس کو دیکھ کر مسعود کے ٹھنڈے گالوں پر گرمی کی لہریں دوڑ جاتی تھیں، پھڑک رہا تھا جیسے کبھی کبھی اس کی آنکھ پھڑکا کرتی تھی۔

اس وقت سوا نو بجے ہوں گے مگر جھکے ہوئے خاکستری بادلوں کے باعث ایسا معلوم ہوتا تھا کہ بہت سویرا ہے۔ سردی میں شدت نہیں تھی۔ لیکن راہ چلتے آدمیوں کے منہ سے گرم گرم سماوار کی ٹونٹیوں کی طرح گاڑھا سفید دھواں نکل رہا تھا۔ ہر شے بوجھل دکھائی دیتی تھی جیسے بادلوں کے وزن کے نیچے دبی ہوئی ہے۔ موسم کچھ ایسی ہی کیفیت کا حامل تھا جو ربڑ کے جوتے پہن کر چلنے سے پیدا ہوتی ہے۔ اس کے باوجود کہ بازار میں لوگوں کی آمد و رفت جاری تھی اور دکانوں میں زندگی کے آثار پیدا ہو چکے تھے، آوازیں مدھم تھیں، جیسے سرگوشیاں ہو رہی ہیں، چپکے چپکے، دھیرے دھیرے باتیں ہو رہی ہیں، ہولے ہولے لوگ قدم اٹھا رہے ہیں کہ زیادہ اونچی آواز پیدا نہ ہو۔

مسعود بغل میں بستہ دبائے اسکول جا رہا تھا۔ آج اس کی چال بھی سست تھی۔ جب اس نے بے کھال کے تازہ ذبح کیے ہوئے بکروں کے گوشت سے سفید دھواں اٹھتا دیکھا تو اسے راحت محسوس ہوئی۔ اس دھوئیں نے اس کے ٹھنڈے ٹھنڈے گالوں پر گرم گرم لکیروں کا ایک جال سا بُن دیا۔ اس گرمی نے اسے راحت پہنچائی اور وہ سوچنے لگا کہ سردیوں میں ٹھنڈے یخ ہاتھوں پر بید کھانے کے بعد اگر یہ دھواں مل جایا کرے تو کتنا اچھا ہو۔

فضا میں اُجلا پن نہیں تھا۔ روشنی تھی مگر دھندلی۔ کہر کی ایک پتلی سی تہہ ہر شے پر چڑھی ہوئی تھی جس سے فضا میں گدلا پن پیدا ہو گیا تھا۔ یہ گدلا پن آنکھوں کو اچھا معلوم ہوتا تھا اس لیے کہ نظر آنے والی چیزوں کی نوک پلک کچھ مدھم پڑ گئی تھی۔

مسعود جب اسکول پہنچا تو اسے اپنے ساتھیوں سے یہ معلوم کر کے قطعی خوشی نہ ہوئی کہ اسکول سکتر صاحب کی موت کے باعث بند کر دیا گیا۔ سب لڑکے خوش تھے جس کا ثبوت یہ تھا کہ وہ اپنے بستے ایک جگہ رکھ کر اسکول کے صحن میں اوٹ پٹانگ کھیلوں میں مشغول تھے۔ کچھ چھٹی کا پتہ معلوم کرتے ہی گھر چلے گئے تھے۔ کچھ آرہے تھے اور کچھ نوٹس بورڈ کے پاس جمع تھے اور بار بار ایک ہی عبارت پڑھ رہے تھے۔

مسعود نے جب سنا کہ سکتر صاحب مر گئے ہیں تو اسے بالکل افسوس نہ ہوا۔ اس کا دل جذبات سے بالکل خالی تھا۔ البتہ اس نے یہ ضرور سوچا کہ پچھلے برس جب اس کے دادا جان کا انتقال ان ہی دنوں میں ہوا تھا تو ان کا جنازہ لے جانے میں بڑی دقت ہوئی تھی، اس لیے کہ بارش شروع ہو گئی تھی۔ وہ بھی جنازے کے ساتھ گیا تھا اور قبرستان میں چکنی کیچڑ کے باعث ایسا پھسلا تھا کہ کھدی ہوئی قبر میں گرتے گرتے بچا تھا۔ یہ سب باتیں اس کو اچھی طرح یاد تھیں۔ سردی کی شدت اس کے کیچڑ سے لت پت کپڑے، سرخی مائل نیلے ہاتھ جن کو دبانے سے سفید دھبے پڑ جاتے تھے۔ ناک جو کہ برف کی ڈلی معلوم ہوتی تھی اور پھر آ کر ہاتھ پاؤں دھونے اور کپڑے بدلنے کا مرحلہ —— یہ سب کچھ اس کو اچھی طرح یاد تھا۔ چنانچہ جب اس نے سکتر صاحب کی موت کی خبر سنی تو اسے یہ بیتی ہوئی باتیں یاد آگئیں اور اس نے سوچا، جب سکتر صاحب کا جنازہ اٹھے گا تو بارش شروع ہو جائے گی اور قبرستان میں اتنی کیچڑ ہو جائے گی کہ کئی لوگ پھسلیں گے اور ان کو ایسی چوٹیں آئیں گی کہ بلبلا اٹھیں گے۔

مسعود نے یہ خبر سن کر سیدھا اپنے کمرے کا رُخ کیا۔ کمرے میں پہنچ کر اس نے اپنے ڈیسک کا تالہ کھولا۔ دو تین کتابیں جو کہ اسے دوسرے روز پھر لانا تھیں، اس میں رکھیں اور باقی بستہ اٹھا کر گھر کی جانب چل پڑا۔

راستے میں اس نے پھر وہی دو تازہ ذبح کیے ہوئے بکرے دیکھے۔ ان میں سے ایک تو اب قصائی نے لٹکا دیا تھا۔ دوسرا تختے پر پڑا تھا۔ جب مسعود دکان پر سے گزرا تو اس کے دل میں خواہش پیدا ہوئی کہ وہ گوشت جس میں سے دھواں اٹھ رہا تھا، چھو کر دیکھے۔ چنانچہ آگے بڑھ کر اس نے انگلی سے بکرے کے اس حصے کو چھو کر دیکھا جو ابھی تک پھڑک رہا تھا۔ گوشت گرم تھا۔ مسعود کی ٹھنڈی انگلی کو یہ حرارت بہت بھلی معلوم ہوئی۔ قصائی دکان کے اندر چھریاں تیز کرنے میں مصروف تھا۔ چنانچہ مسعود نے ایک بار پھر گوشت کو چھو کر دیکھا اور وہاں سے چل پڑا۔

گھر پہنچ کر اس نے جب اپنی ماں کو سکتر صاحب کی موت کی خبر سنائی تو اسے معلوم ہوا کہ اس کے ابا جی ان ہی کے جنازے کے ساتھ گئے ہیں۔ اب گھر میں صرف دو آدمی تھے۔ ماں اور بڑی بہن۔ ماں باورچی خانہ میں بیٹھی سالن پکا رہی تھی اور بڑی بہن کلثوم پاس ہی ایک کانگڑی لیے درباری کی سرگم یاد کر رہی تھی۔

چونکہ گلی کے دوسرے لڑکے گورنمنٹ اسکول میں پڑھتے تھے، جس پر اسلامیہ سکول کے سکتر کی موت کا کچھ اثر نہیں پڑا تھا، اس لیے مسعود نے خود کو بالکل بیکار محسوس کیا۔ اسکول کا کوئی کام بھی نہیں تھا۔ چھٹی جماعت میں جو کچھ پڑھایا جاتا ہے وہ گھر میں اپنے اباجی سے پڑھ چکا تھا۔ کھیلنے کے لیے بھی اس کے پاس کوئی چیز نہ تھی۔ ایک میلا کچیلا تاش طاق میں پڑا تھا مگر اس سے مسعود کو کوئی دلچسپی نہیں تھی۔ لوڈو اور اس قسم کے دوسرے کھیل جو اس کی بڑی بہن اپنی سہیلیوں کے ساتھ ہر روز کھیلتی تھی اس کی سمجھ سے بالاتر تھے۔ سمجھ سے بالاتر یوں تھے کہ مسعود نے کبھی ان کو سمجھنے کی کوشش ہی نہیں کی تھی۔ اس کو فطرتاً ایسے کھیلوں سے کوئی لگاؤ نہیں تھا۔

بستہ اپنی جگہ رکھنے اور کوٹ اُتارنے کے بعد وہ باورچی خانہ میں اپنی ماں کے پاس بیٹھ گیا اور درباری کی سرگم سنتا رہا جس میں کئی دفعہ سارے گاما آتا تھا۔ اس کی ماں پالک کاٹ رہی تھی۔ پالک کاٹنے کے بعد اس نے سبز سبز پتوں کا گیلا گیلا ڈھیر اٹھا کر ہنڈیا میں ڈال دیا۔ تھوڑی دیر کے بعد جب پالک کو آنچ لگی تو اس میں سے سفید سفید دھواں اٹھنے لگا۔ اس دھوئیں کو دیکھ کر مسعود کو بکرے کا گوشت یاد آ گیا۔ چنانچہ اس نے اپنی ماں سے کہا، ''امی جان! آج میں نے قصائی کی دکان پر دو بکرے دیکھے، کھال اُتری ہوئی تھی اور ان میں سے دھواں نکل رہا تھا، بالکل ایسے ہی جیسا کہ صبح سویرے میرے منہ سے نکلا کرتا ہے۔''

''اچھا!'' یہ کہہ کر اس کی ماں چولہے میں لکڑیوں کے کوئلے جھاڑنے لگی۔

''ہاں اور میں نے گوشت کو اپنی انگلی سے چھو کر دیکھا تو وہ گرم تھا۔''

''اچھا'' یہ کہہ کر اس کی ماں نے وہ برتن اٹھایا جس میں اس نے پالک کا ساگ دھویا تھا اور باورچی خانہ سے باہر چلی گئی۔

''اور یہ گوشت کئی جگہ پھڑکتا بھی تھا۔''

''اچھا ـــــ'' مسعود کی بڑی بہن نے درباری سرگم یاد کرنا چھوڑ دی اور اس کی طرف متوجہ ہوئی، '' کیسے پھڑکتا تھا؟''

''یوں ـــــ یوں۔'' مسعود نے انگلیوں سے پھڑکن پیدا کر کے اپنی بہن کو دکھائی۔

''تو پھر کیا ہوا؟''

یہ سوال کلثوم نے اپنے سرگم بھرے دماغ سے کچھ اس طور پر نکالا کہ مسعود ایک لمحے کے لیے بالکل خالی الذہن ہو گیا۔

''پھر کیا ہونا تھا، میں نے تو ایسے ہی آپ سے بات کی تھی کہ قصائی کی دکان پر گوشت پھڑک رہا تھا۔ میں نے انگلی سے چھو کر بھی دیکھا تھا ـــــ گرم تھا۔''

''گرم تھا ـــــ اچھا مسعود یہ بتاؤ تم میرا کام کرو گے؟''

''بتائیے''

''آؤ، میرے ساتھ آؤ۔''

''نہیں آپ پہلے بتائیے کام کیا ہے۔''

''تم آؤ تو سہی میرے ساتھ۔''

''جی نہیں—— آپ پہلے کام بتائیے۔''

''دیکھو میری کمر میں درد ہو رہا ہے—— میں پلنگ پر لیٹتی ہوں، تم ذرا پاؤں سے دبا دینا—— اچھے بھائی جو بھی ہوئے—— اللہ کی قسم بڑا درد ہو رہا ہے۔'' یہ کہہ کر مسعود کی بہن نے اپنی کمر پر مکیاں مارنا شروع کر دیں۔

''یہ آپ کی کمر کو کیا ہو جاتا ہے۔ جب دیکھو درد ہو رہا ہے، اور پھر آپ دبواتی بھی مجھی سے ہیں۔ کیوں نہیں اپنی سہیلیوں سے کہتیں۔'' مسعود اٹھ کھڑا ہوا۔

''چلیے، لیکن میں یہ آپ سے کہے دیتا ہوں کہ دس منٹ سے زیادہ میں بالکل نہیں دباؤں گا۔''

''شاباش—— شاباش۔'' اس کی بہن اٹھ کھڑی ہوئی اور سرگموں کی کاپی سامنے طاق میں رکھ کر اس کمرے کی طرف روانہ ہوئی جہاں وہ اور مسعود دونوں سوتے تھے۔

صحن میں پہنچ کر اس نے اپنی دکھتی ہوئی کمر سیدھی کی اور اوپر آسمان کی طرف دیکھا۔ نیالے بادل جھکے ہوئے تھے۔

''مسعود، آج ضرور بارش ہوگی——''

یہ کہہ کر اس نے مسعود کی طرف دیکھا مگر وہ اندر اپنی چار پائی پر لیٹا تھا۔

جب کلثوم اپنے پلنگ پر اوندھے منہ لیٹ گئی تو مسعود نے اٹھ کر گھڑی میں وقت دیکھا: ''دیکھیے باجی، گیارہ بجنے میں دس منٹ باقی ہیں۔ میں پورے گیارہ بجے آپ کی کمر دابنا چھوڑ دوں گا۔''

''بہت اچھا، لیکن تم اب خدا کے لیے زیادہ نخرے نہ بگھارو۔ ادھر میرے پلنگ پر آ کر جلدی کمر دباؤ ورنہ یاد رکھو بڑے زور سے کان اینٹھوں گی۔'' کلثوم نے مسعود کو ڈانٹ پلائی۔

مسعود نے اپنی بڑی بہن کے حکم کی تعمیل کی اور دیوار کا سہارا لے کر پاؤں سے اس کی کمر دبانا شروع کر دی۔ مسعود کے وزن کے نیچے کلثوم کی چوڑی چکلی کمر میں خفیف سا جھکاؤ پیدا ہو گیا، جب اس نے پیروں سے دبانا شروع کیا، ٹھیک اسی طرح جس طرح مزدور مٹی گوندھتے ہیں تو کلثوم نے مزا لینے کی خاطر ہولے ہولے ہائے ہائے کرنا شروع کیا۔

کلثوم کے کولھوں پر گوشت زیادہ تھا۔ جب مسعود کا پاؤں اس حصے پر پڑا تو اسے ایسا محسوس ہوا کہ وہ اس بکرے کے گوشت کو دبا رہا ہے جو اس نے قصائی کی دکان میں اپنی انگلی سے چھو کر دیکھا تھا۔ اس احساس نے چند لمحات کے لیے اس کے دل و دماغ میں ایسے خیالات پیدا کیے جن کا کوئی سر نہ تھا نہ پیر۔ وہ ان کا مطلب نہ سمجھ سکا اور سمجھتا بھی کیسے جبکہ کوئی خیال مکمل نہیں ہوا تھا۔

ایک دو بار مسعود نے یہ بھی محسوس کیا کہ اس کے پیروں کے نیچے گوشت کے لوتھڑوں میں حرکت پیدا ہوئی ہے۔ اسی قسم کی حرکت جو اس نے بکرے کے گرم گرم گوشت میں دیکھی تھی۔ اس نے بڑی بددلی سے کمر دبانا شروع کی تھی مگر اب اسے اس کام میں لذت محسوس ہونے لگی اس کے وزن کے نیچے کلثوم ہولے ہولے کراہ رہی تھی۔ یہ بھینچی بھینچی آواز جو کہ مسعود کے پیروں کی حرکت کا ساتھ دے رہی تھی اس گمنام سی لذت میں اضافہ کر رہی تھی۔

ٹائم پیس میں گیارہ بج گئے مگر مسعود اپنی بہن کلثوم کی کمر دباتا رہا۔ جب کمر اچھی طرح دبائی جا چکی تو کلثوم سیدھی لیٹ گئی اور کہنے لگی۔

''شاباش مسعود، شاباش۔ اور اب لگے ہاتھوں ٹانگیں بھی دبا دو، بالکل اسی طرح—— شاباش میرے بھائی۔''

مسعود نے دیوار کا سہارا لے کر کلثوم کی رانوں پر جب اپنا پورا وزن ڈالا تو اس کے پاؤں کے نیچے مچھلیاں سی تڑپ گئیں۔ بے اختیار جس پڑی اور دوہری ہو گئی۔ مسعود گرتے گرتے بچا، لیکن اس کے تلوؤں میں مچھلیوں کی وہ تڑپ منجمد سی ہو گئی۔ اس کے دل میں خواہش پیدا ہوئی کہ وہ پھر اسی طرح دیوار کا سہارا لے کر اپنی بہن کی رانیں دبائے۔ چنانچہ اس نے کہا: ''یہ آپ نے ہنسنا کیوں شروع کر دیا۔ سیدھی لیٹ جائیے، میں آپ کی ٹانگیں دبا دوں۔''

کلثوم سیدھی لیٹ گئی۔ رانوں کی مچھلیاں ادھر اُدھر ہونے کے باعث جو گدگدی پیدا ہوئی تھی اس کا اثر ابھی تک اس کے جسم میں باقی تھا۔

"نا بھائی —— میرے گدگدی ہوتی ہے۔ تم اوٹ پٹانگ طریقے سے دباتے ہو۔"

مسعود نے خیال کیا کہ شاید اس نے غلط طریقہ استعمال کیا ہے۔

"نہیں اب کی دفعہ میں پورا بوجھ آپ پر نہیں ڈالوں گا —— آپ اطمینان رکھیے۔ اب ایسی اچھی طرح دباؤں گا کہ آپ کو کوئی تکلیف نہ ہوگی۔"

دیوار کا سہارا لے کر مسعود نے اپنے جسم کو تولا اور اس انداز سے آہستہ آہستہ کلثوم کی رانوں پر اپنے پیر جمائے کہ اس کا آدھا بوجھ کہیں غائب ہو گیا۔ ہولے ہولے بڑی ہوشیاری سے اس نے اپنے پیر چلانے شروع کیے۔ کلثوم کی رانوں میں اکڑی ہوئی مچھلیاں اس کے پیروں کے نیچے دب دب کر ادھر ادھر پھسلنے لگیں۔ مسعود نے ایک بار اسکول میں تنے ہوئے رسّے پر ایک بازی گر کو دیکھا تھا۔ اس نے سوچا کہ بازی گر کے پیروں کے نیچے تنا ہوا رسّا اسی طرح پھسلتا ہوگا۔

اس سے پہلے کئی بار اس نے اپنی بہن کلثوم کی ٹانگیں دبائی تھیں مگر وہ لذت جو کہ اسے اب محسوس ہو رہی تھی پہلے کبھی محسوس نہیں ہوئی تھی۔ بکرے کے گرم گرم گوشت کا اسے بار بار خیال آتا تھا۔ ایک دو مرتبہ اس نے سوچا کلثوم کو اگر ذبح کر دیا جائے تو کھال اُتر جانے پر کیا اس کے گوشت میں سے بھی دھواں نکلے گا؟ لیکن ایسی بے ہودہ باتیں سوچنے پر اس نے اپنے آپ کو مجرم محسوس کیا اور دماغ کو اس طرح صاف کر دیا جیسے وہ سلیٹ کو اسفنج سے صاف کیا کرتا تھا۔

"بس۔ بس۔" کلثوم تھک گئی۔ "بس۔ بس۔"

مسعود کو ایک دم شرارت سوجھی۔ وہ پلنگ پر سے نیچے اُترنے لگا تو اس نے کلثوم کی دونوں بغلوں میں گدگدی کرنا شروع کر دی۔ ہنسی کے مارے وہ لوٹ پوٹ ہو گئی۔ اس میں اتنی سکت نہیں تھی کہ وہ مسعود کے ہاتھوں کو پرے جھٹک دے۔ لیکن جب اس نے ارادہ کر کے اس کے لات جمانی چاہی تو مسعود اچھل کر زد سے باہر ہو گیا اور سلیپر پہن کر کمرے سے نکل گیا۔

جب وہ صحن میں داخل ہوا تو اس نے دیکھا کہ ہلکی ہلکی بوندا باندی ہو رہی ہے۔ بادل اور بھی جھک آئے تھے۔ پانی کے ننھے ننھے قطرے آواز پیدا کیے بغیر صحن کی اینٹوں میں آہستہ آہستہ جذب ہو رہے تھے۔ مسعود کا جسم ایک دلنواز حرارت محسوس کر رہا تھا۔ جب ہوا کا ٹھنڈا ٹھنڈا جھونکا اس کے گالوں کے ساتھ مس ہوا اور دو تین ننھی ننھی بوندیں اس کی ناک پر پڑیں تو ایک جھرجھری سی اس کے بدن میں لہرا اُٹھی۔ سامنے کوٹھے کی دیوار پر ایک کبوتر اور ایک کبوتری پاس پاس پر پھلائے بیٹھے تھے۔ ایسا معلوم ہوتا تھا کہ دونوں دم پخت کی ہوئی ہنڈیا کی طرح گرم ہیں۔ گل داؤدی اور نازبو کے ہرے ہرے پتے اوپر لال لال گملوں میں نہا رہے تھے۔ فضا میں نیندیں گھلی ہوئی تھیں۔ ایسی نیندیں جن میں بیداری زیادہ ہوتی ہے اور انسان کے اردگرد نرم نرم خواب یوں لپٹ جاتے ہیں جیسے اونی کپڑے۔

مسعود ایسی باتیں سوچنے لگا جس کا مطلب اس کی سمجھ میں نہیں آتا تھا۔ وہ ان باتوں کو چھو کر دیکھ سکتا تھا مگر اس کا مطلب اس کی گرفت سے باہر تھا۔ پھر بھی ایک گمنام سا مزا اس سوچ بچار میں اُسے آ رہا تھا۔

بارش میں کچھ دیر کھڑے رہنے کے باعث جب مسعود کے ہاتھ بالکل یخ ہو گئے اور دبانے سے ان پر سفید دھبے پڑنے لگے تو اس نے مٹھیاں کس لیں اور ان کو منہ کی بھاپ سے گرم کرنا شروع کیا۔ ہاتھوں کو اس عمل سے کچھ گرمی تو پہنچی مگر وہ نم آلود ہو گئے۔ چنانچہ آگ تاپنے کے لیے وہ باورچی خانہ میں چلا گیا۔ کھانا تیار تھا، ابھی اس نے پہلا لقمہ ہی اٹھایا تھا کہ اس کا باپ قبرستان سے واپس آ گیا۔ باپ بیٹے میں کوئی بات نہ ہوئی۔ مسعود کی ماں اٹھ کر فوراً دوسرے کمرے میں چلی گئی اور وہاں دیر تک اپنے خاوند کے ساتھ باتیں کرتی رہی۔

کھانے سے فارغ ہو کر مسعود بیٹھک میں چلا گیا اور کھڑکی کھول کر فرش پر لیٹ گیا۔ بارش کی وجہ سے سردی کی شدت بڑھ گئی کیونکہ اب ہوا بھی چل رہی تھی۔ مگر یہ سردی ناخوشگوار معلوم نہیں ہوتی تھی۔ تالاب کے پانی کی طرح یہ اوپر ٹھنڈی اور اندر گرم تھی۔ مسعود جب فرش پر لیٹا تو اس کے دل میں خواہش پیدا ہوئی کہ وہ اس سردی کے اندر دھنس جائے جہاں اس کے جسم کو راحت انگیز گرمی پہنچے۔ دیر تک وہ ایسی شیر گرم باتوں کے متعلق سوچتا رہا جس کے باعث اس کے پٹھوں میں ہلکی ہلکی سی دُھن پیدا ہو گئی۔

ایک دو بار اس نے انگڑائی لی تو اسے مزہ آیا۔ اس کے جسم کے کسی حصے میں، یہ اس کو معلوم نہیں تھا کہ کہاں، کوئی چیز اٹک سی گئی تھی۔ یہ چیز کیا تھی۔ اس کے متعلق بھی مسعود کو علم نہیں تھا۔ البتہ اس اٹکاؤ نے اس کے سارے جسم میں اضطراب، ایک دبے ہوئے اضطراب کی کیفیت پیدا کر دی تھی۔ اس کا سارا جسم کھنچ کر لمبا ہو جانے کا ارادہ بن گیا تھا۔

دیر تک گدگدے قالین پر کروٹیں بدلنے کے بعد وہ اٹھا اور باورچی خانہ سے ہوتا ہوا صحن میں آنکلا۔ نہ کوئی باورچی خانہ میں تھا اور نہ صحن میں۔ ادھر اُدھر جتنے کمرے تھے سب کے سب بند تھے۔ بارش اب رک گئی تھی۔ مسعود نے ہاکی اور گیند نکالی اور صحن میں کھیلنا شروع کر دیا۔ ایک بار جب اس نے زور سے ہٹ لگائی تو گیند صحن کے داہنے ہاتھ والے کمرے کے دروازے پر لگی۔ اندر سے مسعود کے باپ کی آواز آئی، ''کون؟''

''جی کھیل رہا ہوں۔''

''کھیلو......'' پھر تھوڑے توقف کے بعد اس کے باپ نے کہا، ''تمہاری ماں میرا سر دبا رہی ہے...... زیادہ شور نہ مچانا۔''

یہ سن کر مسعود نے گیند وہیں پڑی رہنے دی اور ہاکی ہاتھ میں لیے سامنے والے کمرے کا رُخ کیا۔ اس کا ایک دروازہ بند تھا اور دوسرا نیم وا۔ مسعود کو ایک شرارت سوجھی۔ دبے پاؤں وہ نیم وا دروازے کی طرف بڑھا اور دھماکے کے ساتھ دونوں پٹ کھول دیئے۔ دو چیخیں بلند ہوئیں اور کلثوم اور اس کی سہیلی بملا نے جو کہ پاس پاس لیٹی تھیں، خوفزدہ ہو کر جھٹ سے لحاف اوڑھ لیا۔

بملا کے بازو کے بٹن کھلے ہوئے تھے اور کلثوم اس کے عریاں سینے کو گھور رہی تھی۔

---

مسعود کچھ نہ سمجھ سکا۔ اس کے دماغ میں دھواں سا چھا گیا۔ وہاں سے اُلٹے قدم لوٹ کر وہ جب بیٹھک کی طرف روانہ ہوا تو اسے معاً اپنے اندر ایک اتھاہ طاقت کا احساس ہوا جس نے کچھ دیر کے لیے اس کی سوچنے سمجھنے کی قوت بالکل کمزور کر دی۔

بیٹھک میں کھڑکی کے پاس بیٹھ کر جب مسعود نے ہاکی کو دونوں ہاتھوں سے پکڑ کر گھٹنے پر رکھا تو یہ سوچا کہ ہلکا سا دباؤ ڈالنے پر ہاکی میں خم پیدا ہو جائے گا اور زیادہ زور لگانے پر ہینڈل چناخ سے ٹوٹ جائے گا۔ اس نے گھٹنے پر ہاکی کے ہینڈل میں خم پیدا تو کر لیا مگر زیادہ سے زیادہ زور لگانے پر بھی وہ ٹوٹ نہ سکا۔ دیر تک وہ ہاکی کے ساتھ کشتی لڑتا رہا۔ جب وہ تھک کر ہار گیا تو جھنجھلا کر اس نے ہاکی پرے پھینک دی۔

OOO

شوکت صدیقی

# سیاہ فام

سڑک کے ایک موڑ سے کئی آوارہ کتے نکل کر زور زور سے بھونکنے لگے اس نے جھنجھلا کر کتوں کو موٹی سی گالی دی۔ سامنے نظر ڈالی تو دل دھک سے رہ گیا۔ ایک سایہ کار کی تیز روشنی میں لہرایا۔ اندھیرے میں ایک دردناک انسانی چیخ ابھری، کار اچانک زور سے اچھلی اور سڑک کے کنارے لگے ہوئے بجلی کے کھمبے سے جا کر زور سے ٹکرا گئی۔

یہ سب کچھ آناً فاناً ہوا۔ وہ ذرا دیر تک تو ہکا بکا سا اسٹیرنگ پر بُت بنا بیٹھا رہا۔ پھر وہ کار سے نکل کر باہر آ گیا۔

سڑک کے بیچوں بیچ کوئی پڑا کراہ رہا تھا وہ سہما ہوا اس کے پاس گیا تاروں کی دھندلی روشنی میں اس نے دیکھا، ایک لمبا چوڑا آدمی اوندھے منہ لیٹا تھا۔ اس کے چاروں طرف خون ہی خون پھیلا تھا۔ دور دور تک کسی انسان کا پتہ نہ تھا۔ ہر طرف گہرا اندھیرا تھا اور میلوں تک پھیلی ہوئی سنسان سڑک، موقعہ غنیمت تھا۔ درانی نے کپکپاتے ہاتھوں سے اس کو گھسیٹ کر سڑک کے کنارے کیا اور جلدی سے کار کے اندر جا کر اس کو اسٹارٹ کرنے لگا مگر کار سٹارٹ نہ ہوئی۔

جب وہ ہر کوشش کے باوجود بھی کار اسٹارٹ نہ کر سکا تو مجبوراً اتر کر نیچے آ گیا۔ ایک بار وہ پھر ڈرتے ڈرتے خون میں ڈوبے ہوئے آدمی کے پاس گیا، اب اس نے کراہنا بند کر دیا اور آنکھیں بند کیے پڑا تھا۔ درانی اس کے قریب وحشت زدہ سا کھڑا سوچتا رہا کہ اب کیا کیا جائے۔ کئی بار اس نے سوچا کہ کار چھوڑ کر وہاں سے پیدل ہی بھاگ کھڑا ہو مگر وہ ایسا نہ کر سکا اس لیے کہ کار کی موجودگی اس کے خلاف پورا پورا ثبوت بہم پہنچا سکتی تھی۔

کوئی پندرہ منٹ بعد سڑک پر موٹر کی روشنی جھلکتی نظر آئی۔

ذرا ہی دیر بعد ایک ٹرک کھڑ کھڑاتا ہوا اس کے قریب آ گیا۔ اس نے اپنے حواس درست کیے۔ آگے بڑھ کر ٹرک کو رکوایا اور ڈرائیور کے قریب جا کر کہنے لگا۔

''ایکسیڈنٹ ہو گیا ہے، مجھ کو فوراً تھانے لے چلو۔''

ٹرک کے اندر ڈرائیور کے ہمراہ ایک آدمی اور بیٹھا تھا۔ دونوں نے باہر جھانک کر دیکھا۔ ان کے سامنے خون میں لتھڑا ہوا ایک کالا کلوٹا آدمی پڑا تھا۔ ذرا آگے بڑھ کر ایک موٹر کھڑی تھی جس کا اگلا حصہ ٹوٹ پھوٹ گیا تھا۔ ڈرائیور نے گھبرا کر پوچھا۔

''بڑا زبردست ایکسیڈنٹ ہوا ہے۔ کیا ایک دم سامنے آ گیا تھا؟''

درانی تیزی سے بولا۔ ''باتیں کرنے کا وقت نہیں۔ مجھ کو جلدی لے چلو۔''

وہ جھٹ سے ٹرک پر چڑھ گیا اور ٹرک شور مچاتا ہوا آگے بڑھ گیا۔ تھانہ وہاں سے کوئی میل بھر دور تھا۔ درانی ٹرک سے اتر کر سیدھا تھانہ کے اندر چلا گیا۔ رات کی ڈیوٹی پر جو سب انسپکٹر تعینات تھا دروازے ہی پر اس کی درانی سے مڈبھیڑ ہو گئی۔ وہ اس وقت گشت پر جا رہا تھا۔ درانی نے اس کو علیحدہ لے جا کر حادثہ کی نوعیت بتائی۔ دو سو روپے زبردستی اس کی جیب میں ڈالے اور ذرا اطمینان ہو گیا تو اس کو لیے ہوئے ڈیوٹی روم میں پہنچا۔ چھوٹے بھائی کو ٹیلی فون پر ہدایت کی کہ وہ اسٹیشن ویگن لے کر فوراً تھانہ آ جائے۔

آدھا گھنٹہ کے اندر اندر اسٹیشن ویگن تھانہ پر موجود تھی۔ درانی اور سب انسپکٹر دو کانسٹیبلوں کے ہمراہ اس میں سوار ہو کر موقعہ واردات کی طرف چل دیئے۔ جب وہ وہاں پہنچے تو سڑک اسی طرح سنسان پڑی تھی۔ وہ آدمی خاک پر بے سدھ پڑا تھا۔ سب انسپکٹر نے اس کے جسم کو ٹٹول کر دیکھا۔ ابھی تک وہ زندہ تھا۔ البتہ بہت سا خون بہہ چکا تھا۔ سب سے پہلا کام یہ کیا گیا کہ زخمی کو اسٹیشن ویگن میں ڈال کر ہسپتال پہنچایا گیا۔

رات کے پچھلے پہر جب درانی گھر پہنچا تو بے حد تھکا ہوا تھا۔ ہسپتال سے اس کو یہ رپورٹ مل ہی چکی تھی کہ زخم مہلک نہیں

آئے ہیں ۔ البتہ ایک ٹانگ کی ہڈی ٹوٹ کر چکنا چور ہوگئی تھی ۔ لہٰذا وہ ایکسیڈنٹ سے بے نیاز ہو کر اس وقت صرف یہ سوچ رہا تھا کہ کار کو جو نقصان پہنچا ہے اس کے عوض بیمہ کمپنی سے کس طرح پانچ ہزار کی رقم وصول کی جائے ۔ وہ دیر تک بستر پر پڑا اس کے متعلق اسکیم بناتا رہا۔

یہ تو پتہ نہیں کہ پولیس کے روزنامچے میں حادثہ کی کیا رپورٹ درج کی گئی البتہ بعض اخبارات میں اس ایکسیڈنٹ کے متعلق جو خبریں شائع ہوئیں ۔ ان سے صرف اتنا معلوم ہو سکا کہ اس آدمی کا نام عبداللہ تھا ۔ رکشا چلایا کرتا تھا ۔ حادثہ کی رات وہ مالک کو رکشا واپس کر کے گھر لوٹ رہا تھا ۔ نکلسن روڈ کے موڑ پر وہ ایک تیز رفتار کار کی زد میں آ گیا ۔ زخم ایسا کاری لگا تھا کہ وہ اسی وقت بے ہوش ہو گیا ۔ جب اس کو ہوش آیا تو وہ ہسپتال میں تھا۔

عبداللہ ڈیڑھ ماہ تک سرجیکل وارڈ میں پڑا رہا ۔ جس روز اس کو ہسپتال سے چھٹی ملی تو اس کو وہاں لینے صرف اس کی بیوی آئی تھی ۔ کالا کلوٹا عبداللہ جس کی ایک ٹانگ کٹ چکی تھی اور جس کی چودہ سالہ لڑکی ایک دوسرے رکشا والے کے ساتھ فرار ہو گئی تھی ۔ اور جواب بیساکھی کے سہارے چل رہا تھا ۔ اس کا چوڑا چکلا جسم کبڑوں کی طرح جھک گیا تھا ۔

اب وہ تمام دن کوٹھڑی میں پڑا کھانستا رہتا ۔ بات بات پر بیوی سے لڑ پڑتا ۔ اس کو بے تحاشا گالیاں دیتا اور مارنے کی دھمکیاں دیا کرتا ۔ اس کا رنگ اور سیاہ ہو گیا تھا ۔ داڑھی بڑھ کر بے ترتیب ہو گئی تھی ۔ آنکھوں سے ہر وقت وحشت برسا کرتی ۔ اس کا چہرہ روز بروز خوفناک ہوتا جا رہا تھا ۔ ملنے جلنے والے جو از راہ ہمدردی کبھی کبھی اس کے پاس آکر گھڑی دو گھڑی بیٹھ جاتے تھے ۔ اب وہ بھی اس سے کترانے لگے تھے ۔

عبداللہ جس محلّہ میں رہتا تھا اور اس کی آبادی زیادہ تر نچلے طبقہ کے افراد پر مشتمل تھی ۔ بستی میں ہر طرف جھکی ہوئی چھتوں والے نیم پختہ مکانات تھے ۔ چند قدیم وضع کی عمارتیں تھیں جو امتداد زمانہ سے کھنڈر بن گئی تھیں ۔ درمیان میں انگریزوں کا پرانا قبرستان تھا جس کے چاروں طرف پختہ دیواریں تھی ۔ قبرستان پر ایک اونچی سی لاٹ تھی جس پر سنگ مرمر کا ایک کتبہ آویزاں تھا یہ کسی کرنل کی قبر تھی جس کی تمام زندگی میدان جنگ میں غنیم سے لڑنے میں گزری تھی ۔ مگر اس کی موت خودکشی سے واقع ہوئی تھی ۔ محلّہ بھر میں مشہور تھا کہ مرنے کے بعد کرنل بھوت بن گیا ہے ۔ اکثر سنسان راتوں میں ان لوگوں نے اس کو گلیوں میں منڈلاتے ہوئے دیکھا تھا ۔ سب سے زیادہ دلچسپ بات یہ تھی کہ جب کبھی بھی وہ کسی کو نظر آیا تو اس کی زبان پر ایک ہی سوال ہوتا ''مکھن توش ۔'' خدا معلوم اس کی اس طلب کا کیا پس منظر تھا البتہ اتنا ضرور ہے کہ جس کسی سے بھی اس کی مڈبھیڑ ہوئی اس نے ہمیشہ یہی آواز سنی ۔ اور یہ آواز اتنی خوفناک ہوتی کہ اچھے بھلے جی دار آدمی کے اوسان خطا ہو جاتے اور وہ سر پر پاؤں رکھ کر بھاگتا ۔ یہی وجہ تھی کہ قبرستان کے احاطہ کے ساتھ ساتھ جو تنگ سی گلی جاتی رات گئے راہ گیر اس سے گزرتے ہوئے ڈرتے تھے ۔

اس کے علاوہ محلّہ کی دوسری خصوصیت سکینہ بیگم تھیں جن کے شوہر لاکھوں روپے کی جائیداد چھوڑ کر مرے تھے ۔ صرف ایک لڑکا تھا وہ بھی چند سال ہوئے کہ گھر سے روٹھ کر چلا گیا تھا ۔ بات صرف اتنی تھی کہ اس نے ماں سے ارہر کی کھچڑی کی فرمائش کی تھی ۔ سکینہ بیگم کی اس روز طبیعت کچھ ناساز تھی ۔ باورچی نے کچھ توجہ نہ دی ۔ دسترخوان پر کھچڑی نہ پا کر صاحبزادے اس قدر برافروختہ ہوئے کہ بغیر کچھ کھائے دسترخوان سے اٹھ گئے اس کے بعد اس کو کسی نے نہیں دیکھا ۔ البتہ کچھ عرصہ بعد یہ اطلاع ملی کہ وہ ٹرین کے حادثے میں ہلاک ہو گیا ۔ اس بات کے کئی عینی گواہ تھے مگر سکینہ بیگم کسی طرح اس بات کو ماننے پر رضامند نہ تھیں ۔ اگر کوئی ایسی بات کہتا بھی تو اس کے پیچھے ہاتھ دھو کر پڑ جاتیں ۔ ایک سانس میں ہزاروں کوسنے دے ڈالتیں ۔ لہٰذا سب نے اس حقیقت کا ان سے اظہار ہی کرنا چھوڑ دیا تھا ۔ بلکہ بعض عورتوں نے ان کو ٹھگنا شروع کر دیا وہ آئے دن کوئی نت نیا قضیہ گھڑ لاتیں اور ان سے کچھ نہ کچھ اینٹھ کر لے جاتیں ۔ ہر تہوار پر وہ اپنے بیٹے کا نیا جوڑا سلواتیں، خاندان کی ہر خوبصورت لڑکی کے لیے اپنے بیٹے کا پیغام دیتیں ۔ ڈھونڈ ڈھونڈ کر مشاطائیں بلواتیں اور ان کے ذریعہ بہو تلاش کرواتیں ۔ کوئی پوچھتا تو مسکرا کر کہتیں ۔ ''بس آنے ہی والا ہے ۔ ابھی کل ہی تو ایک شخص آیا تھا جس سے اس نے میری خیریت دریافت کروائی ہے ۔'' کبھی کبھی وہ اس کے خط کا بھی حوالہ دیتیں اور پھر مزے لے لے کر خواہ مخواہ ایک طویل طویل قصہ سنا ڈالتیں ۔ ہر روز وہ اس کے آنے کا

انتظار کرتیں۔ ہر شام ارہری کی کھچڑی تیار ہوتی اور صبح باسی ہو جاتی جس سے محلہ کے کسی مسکین کا پیٹ پل جاتا۔ کئی سال سے یہی سلسلہ چل رہا تھا۔ جب سے عبداللہ ایک ٹانگ سے معذور ہوا تھا اس کھچڑی میں سے اس کو بھی حصہ مل جاتا۔ سویرے ہی سویرے اس کی بیوی بارہ دری کی ڈیوڑھی پر پہنچ جاتی اور جب واپس لوٹتی تو دونوں میاں بیوی کے لیے ایک وقت کے کھانے کا بندوبست ہو جاتا۔

عبداللہ کے دن اسی طرح کٹ رہے تھے اتفاق سے اس کی بیوی بیمار پڑ گئی۔ طبیعت اچانک کچھ ایسی گڑ بڑ ہوئی کہ چلنے پھرنے سے بھی معذور ہو گئی۔ عبداللہ کو متواتر کئی روز فاقہ کرنا پڑا۔ آخر جب کوئی صورت نظر نہ آئی تو ایک روز رات گئے اس نے بیسا کھی سنبھالی اور گھر سے نکل کھڑا ہوا۔ دسمبر کا مہینہ تھا آسمان پر بادل گھرے ہوئے تھے۔ غضب کی سردی پڑ رہی تھی۔ سر شام ہی سے محلّہ میں سناٹا پڑ گیا۔ عبداللہ آہستہ آہستہ چلتا ہوا قبرستان سے ملحق تنگ و تاریک گلی میں داخل ہوا تو اس کی دھندلی روشنی میں آدمی کا سایہ نظر آیا۔ وہ اسی طرف آ رہا تھا۔ عبداللہ وہیں ٹھہر گیا۔ جب وہ قریب آیا تو عبداللہ نے بڑھ کر اپنا ہاتھ اس کے سامنے پھیلا دیا۔ وہ آدمی ٹھٹک کر رہ گیا۔ اس نے عبداللہ کے چہرے کی جانب دیکھا اور ایکبارگی اس کی گھگھی بندھ گئی۔ پھر وہ حلق کے اندر سے نہ جانے کیسی کیسی آوازیں نکالتا ہوا بھاگ کھڑا ہوا۔ گھبراہٹ میں اس کے ہاتھ میں دبا ہوا ایک بنڈل بھی گر پڑا۔

عبداللہ خود بھی گھبرا گیا۔ لحہ بھر تک وہ سکتے کے سے عالم میں کھڑا رہا پھر اس نے بڑھ کر بنڈل اٹھایا۔ کھول کر دیکھا۔ گرم گرم امرتیاں تھیں۔ عبداللہ کی باچھیں کھل گئیں۔ فوراً ہی گھر پہنچا۔ دونوں میاں بیوی نے مزالے کر امرتیاں کھائیں اور اللہ کا شکر ادا کیا۔

دوسرے روز رات کو عبداللہ پھر گلی میں پہنچا اس وقت کچھ بوندا باندی ہو رہی تھی۔ اندھیرا بہت گہرا تھا۔ سردی اور بڑھ گئی تھی۔ وہ دیر تک گلی میں کھڑا رہا مگر کوئی بھولے سے بھی اس طرف نہیں گزرا۔ سردی کے مارے اس کا جسم کپکپا رہا تھا۔ آخر جب وہ مایوس ہو کر واپس لوٹ رہا تھا تو اچانک ایک مونگ پھلی بیچنے والا گلی میں داخل ہوا۔ عبداللہ نے اس کے قریب جا کر بجائے ہاتھ پھیلانے کے ناک میں منمنا کر کہا۔

''ذرا ٹھہر جانا بھائی!''

عبداللہ کا ہیبت ناک چہرہ، بھوتوں کا سالہجہ اور سنسان رات۔ اس آدمی پر کچھ ایسا خوف طاری ہوا کہ کئی لحہ تک تو وہ آنکھیں پھاڑے چیخنے کی بے سود کوشش کرتا رہا اور پھر بے ہوش ہو کر وہیں گر پڑا۔ عبداللہ نے اطمینان سے چادر میں سوا سیر مونگ پھلیاں باندھیں اور چپ چاپ گھر آ گیا۔

ان دو واقعات سے محلّہ بھر میں سنسنی پھیل گئی۔ لوگوں میں چرچا ہونے لگا کہ کرنل کا بھوت اب راہگیروں کو بہت پریشان کرنے لگا ہے۔ پاس پڑوس کے رہنے والوں پر خاصی دہشت طاری ہو گئی تھی۔ عبداللہ نے اس خوف سے اور بھی فائدہ اٹھایا جب راستے سنسان پڑ جاتے تو وہ چپ چاپ گلی کے اندھیرے میں دبک کر کھڑا ہو جاتا۔ ادھر کوئی راہگیر گلی میں داخل ہوا اور وہ اس کی تاک میں لگ گیا۔ قریب آتے ہی وہ بڑی ہیبت ناک آواز میں کہتا۔ ''ٹکھن نوتش۔'' اب اس نے باقاعدہ کرنل کے بھوت کا روپ اختیار کر لیا تھا اور اس کا یہ حربہ کارگر بھی ثابت ہوا۔ پہلے وہ صرف کھانے پینے کی چیزوں پر اکتفا کر لیتا تھا پھر ایسا بھی ہوا کہ اگر آدمی بے ہوش ہو جاتا تو وہ اس کی جیبیں ٹٹول کر ساری نقدی اپنے قبضہ میں کر لیتا۔

محلّہ میں کرنل کے بھوت کا چرچا روز بروز بڑھتا جا رہا تھا۔ لوگوں میں خوف و ہراس زیادہ پھیل گیا تھا ادھر عبداللہ اپنے کام میں اتنا منجھ گیا تھا اور اس کی ہمت اتنی بڑھ گئی تھی کہ اکثر تو وہ چھپ کر آدمی کو دبوچ بھی لیتا تھا کسی کو صرف قہقہہ لگا کر خوفزدہ کر دیتا۔ کسی کی ٹانگ پکڑ کر گھسیٹ لی۔ کسی کا راستہ روک کر کھڑا ہو گیا جیسا موقعہ ہوتا وہ اسی مناسبت سے نیا حربہ استعمال کرتا۔

پھر ایک ایسا وقت آیا کہ راہگیروں نے رات کو قبرستان کے پاس والی گلی سے بالکل گزرنا چھوڑ دیا۔ مگر عبداللہ پر اس کا بھی اثر نہ ہوا۔ اس نے گلی سے باہر نکل کر سنسان راتوں کے اندھیرے میں راہگیروں سے اپنا ''ٹیکس'' وصول کرنا شروع کر دیا۔ یہ سلسلہ بھی ایک مدت تک چلتا رہا۔

محلہ والے کچھ اس قدر خوفزدہ ہو گئے تھے کہ سر شام ہی ہر طرف ہُو کا عالم طاری ہو جاتا اور اس ہولناک سناٹے میں عبداللہ اطمینان سے کسی گلی کی نکڑ پر دیوار سے لگا ہوا موجود ہوتا۔ اس کا چہرہ اب اور بھی خوف ناک ہو گیا تھا۔ آنکھوں کی وحشت بڑھ گئی تھی اور آواز میں دم توڑتے ہوئے انسان کا سا کرب پیدا ہو گیا تھا۔ وہ دن بھر کوٹھڑی میں پڑا سویا کرتا اور پھر رات گزرتے ہی کمبل میں سارے جسم کو لپیٹ کر بیساکھی کے سہارے گھر سے باہر آجاتا اور رات گئے تک سنسان گلیوں کے اندھیرے میں شکار کی تلاش میں مارا مارا پھرتا۔

اتفاق ہوا کہ عبداللہ کو کئی روز تک کوئی شکار نہیں ملا۔ اس کی بیوی نے سکینہ بیگم کے گھر ایک مدت سے آمدورفت بند کر دی تھی لہٰذا دونوں کو مسلسل کئی وقت کے فاقے کرنے پڑے۔ اس رات عبداللہ بڑی بے چینی کے عالم میں اندھیری گلیوں میں منڈلا رہا تھا رات آدھی سے زیادہ گزر گئی مگر کوئی بھولا بھٹکا راہگیر اس کو نہیں ملا۔ اس کی بے چینی اور بڑھ گئی، اس لیے کہ اب رات کی وہ گھڑی قریب آ رہی تھی جب صرف گشت کرنے والے کانسٹیبلوں کے بھاری بھاری قدموں کی آہٹ سنائی پڑتی اور جن کی نظروں سے بچنے کے لیے اس کو بڑی مشکل کا سامنا کرنا پڑتا۔ آخر جب وہ ناامید ہو گیا تو اس نے ایک نئی تجویز سوچی۔ کئی مکانوں کے دروازوں سے کان لگا کر اس نے اندر کی آہٹ لی اور پھر ایک دروازے پر جا کر آہستہ سے دستک دی لیکن اس وقت وہ خود بھی خوف سے کانپ رہا تھا اس لیے کہ اس دفعہ وہ نیا حربہ آزما رہا تھا۔ جو بے حد خطرناک تھا۔ وہ کرتا بھی کیا۔ اس وقت اس کے علاوہ اور چارہ کار بھی نہ تھا۔

اس نے رک رک کر کئی بار دروازے پر دستک دی۔ ذرا دیر بعد کسی نے اندر سے نیند میں ڈوبی ہوئی آواز میں پوچھا۔ ''کون''

عبداللہ نے آہستہ سے کہا ''دروازہ کھولو۔''

فوراً ہی دروازہ کھل گیا کسی نے اندر سے جھانک کر پوچھا ''کون ہے سامنے آؤ۔'' عبداللہ اندھیرے سے نکل کر ایک دم اس کے سامنے آ گیا اور خوف ناک آواز میں بولا۔

''مکھن نوش۔''

اس آدمی کی سٹی گم ہو گئی۔ گلا پھاڑ کر بولا ''باپ رے باپ۔''

عبداللہ نے اس دفعہ اور بھی بھیانک آواز میں کہا۔ ''مکھن نوش''

وہ آدمی یکبارگی چلانے لگا۔ ''بھوت۔ بھوت۔''

اپنے سابقہ تجربہ کے پیش نظر عبداللہ کو اب وہاں سے کھسک جانا چاہیے تھا لیکن وہ بڑی دیدہ دلیری کے ساتھ دروازے پر کھڑا رہا۔ اس نے سوچا کہ اب تو یہ خوف زدہ ہو چکا ہے ایک وار اور کروں گا تو بے ہوش ہو کر گر ہی پڑے گا۔ اس نے انتہائی خوف ناک لہجہ میں حلق سے آواز نکالی۔

''ماکھان نوش۔''

اس آدمی پر عبداللہ کو اس خوف ناک آواز کا یہ اثر ہوا کہ وہ اور بھی وحشت ناک طریقہ پر چیخنے لگا۔ کمرے کے اندر کچھ اور لوگ بھی سو رہے تھے۔ پہلے تو وہ بیدار ہوئے، ذرا دیر سہمے پڑے رہے پھر سب خوف زدہ ہو کر چیخنے لگے۔

''بھوت۔ بھوت''

اتنی بہت سی آوازوں کا شور سن کر عبداللہ بھی گھبرا گیا۔ وہ فوراً ہی دروازہ پر سے ہٹ آیا اور کسی نہ کسی طرح قبرستان کے پاس والی تنگ گلی میں داخل ہو گیا۔ اب آس پاس کے مکانوں میں لوگ جاگ اٹھے تھے۔ کچھ دروازوں سے نکل کر باہر آ گئے تھے۔ کچھ اونچی آوازوں میں بول رہے تھے۔ عبداللہ نے دیکھا گلی کے دونوں سروں پر ملی جلی آوازوں کا شور ابھر رہا تھا۔ آگے جانے کے بجائے وہ اندھیرے میں دیوار سے چپٹ کر کھڑا ہو گیا۔ کئی سیکنڈ تک وہ اسی عالم میں کھڑا رہا۔ اس کا دل زور زور سے دھڑک رہا تھا۔ اچانک کوئی تیزی سے آ کر اس سے ٹکرایا اور پھر ''بھوت۔ بھوت'' کہتا ہوا سرپٹ بھاگا۔

اس کے بعد ایک بارگی بہت ملی جلی آوازیں ابھریں۔

عبداللہ سوچ ہی رہا تھا کہ اب کیا کرے۔ اچانک ایک پتھر اس کے داہنے کندھے پر آ کر زور سے لگا۔ یہ ابتداء تھی۔ اس کے بعد تو چاروں طرف سے پتھر آ کر گلی میں گرنے لگے۔ اس کے ساتھ ہی ملی جلی آوازیں آ رہی تھیں۔

''گلی میں بھوت ہے۔''

''وہ دیکھو! کچھ نظر آ رہا ہے۔''

اس کے بعد ''بھوت۔ بھوت'' کا نعرہ پھر بلند ہوا اور پتھروں کی بوچھاڑ ہونے لگی۔ پتھر برابر آ کر اس کے جسم پر لگ رہے تھے اور ایک پتھر تو اس زور سے اس کے ماتھے پر لگا کہ وہ چکرا کر بیٹھ گیا۔ اسی وقت ایک دوسرا پتھر اس کی کن پٹی پر لگا اور عبداللہ نڈھال ہو کر زمین پر لیٹ گیا۔

قریب ہی ایک بدرو تھا عبداللہ نے سوچا کہ کسی طرح اگر وہ اس میں داخل ہو جائے تو وہ اس سنگ باری سے بچ جائے گا یہی طے کر کے وہ گھسٹتا ہوا بدرو کی طرف کھسکنے لگا۔ اچانک ایک بڑا سا پتھر اس کے سر پر آ کر گرا اور عبداللہ جہاں تھا وہیں رہ گیا۔ پھر ایک بارگی وہ گلا پھاڑ کر چیخا۔

''ہائے مرا۔''

اس کے بعد عبداللہ کئی بار چیخا کئی بار اس نے التجا کی لیکن دوسری طرف اس قدر شور تھا کہ کوئی اس کی آواز نہ سن سکا۔ پتھر برابر چلتے رہے۔ لوگ گلا پھاڑ پھاڑ کر چیختے رہے وہ اس وقت کرنل کے بھوت کو سنگسار کرنے پر تلے ہوئے تھے۔ وہ پاگلوں کی طرح چلا رہے تھے اور گلی کے اندر بے تحاشا پتھر برسا رہے تھے۔ رات کے سناٹے میں ان کا شور بڑا خوفناک معلوم ہو رہا تھا۔

دوسرے دن محلہ والوں نے دیکھا۔ گلی کے بیچوں بیچ ایک بے حد غلیظ آدمی منہ اوندھائے پڑا تھا۔ اس کے چاروں طرف پتھر ہی پتھر بکھرے ہوئے تھے۔ اس کے جسم کے ہر حصہ پر کالا کالا خون بہہ کر جم گیا تھا۔ اس کا چہرہ بدرو کے اندر تھا اور کیچڑ میں لت پت۔ یہ عبداللہ تھا جو رات ہی کو مر گیا۔

OOO

غلام عباس

# نواب صاحب کا بنگلہ

گلابی جاڑوں کی ایک رات کوئی تین بجے کا عمل ہوگا کہ اچانک صمصام الدولہ کی آنکھ کھل گئی۔ انھیں ڈرائنگ روم میں، جوان کے کمرے سے ملا ہوا تھا، کچھ کھڑکا سنائی دیا تھا۔ پہلے انھوں نے سوچا کہ تیز ہوا سے کوئی چیز گر پڑی ہوگی، مگر پھر یاد آیا کہ ڈرائنگ روم کے سارے دروازے اور کھڑکیاں انھوں نے خود ہی تو بند کی تھیں۔ گھر میں کوئی پالتو جانور بلی یا کتا بھی نہ تھا جس سے گمان ہوتا کہ اس کے دوڑنے بھاگنے سے کوئی چیز گر پڑی ہوگی۔ وہ کچھ فکرمند سے ہو کے بستر سے اٹھ بیٹھے۔ شب خوابی کے لباس پر گون پہنا، پھر کمرے کے ایک کونے سے اپنی چاندی کی موٹھ والی چھڑی اٹھائی اور نواب بیگم کو جگائے بغیر جو گہری نیند میں مدہوش ہلکے ہلکے خراٹے لے رہی تھیں، وہ دبے پاؤں ڈرائنگ روم کی طرف چل دیے۔

نواب صمصام الدولہ کی عمر کوئی پچپن برس کی ہوگی۔ تھے تو چھوٹے سے قد کے، مگر ہاتھ پاؤں میں بڑا کس بل تھا۔ سرخ و سفید رنگت، بڑی بڑی روشن آنکھیں، کڑ بڑی مونچھیں، کتابی چہرہ جس سے شکوہ، بردباری اور حلم ٹپکتا تھا۔

نواب صاحب ڈرائنگ روم کے دروازے کے قریب پہنچ کے زرار کے اور پردے کی اوٹ میں کھڑے ہو گئے۔ جب انھیں کوئی آہٹ سنائی نہ دی اور نہ اندھیرے میں کوئی سایہ چلتا پھرتا دکھائی دیا تو انھوں نے کمرے میں داخل ہو کے بجلی کا بٹن دبا دیا۔ بجلی کی روشنی میں انھوں نے دیکھا کہ کمرا تو خالی پڑا ہے۔ البتہ ایک چھوٹی سی تپائی گری پڑی ہے اور اس پر پیتل کا جو خاکستر دان رکھا تھا وہ فرش پر اوندھا پڑا ہے۔ البتہ ایک یقین ہو گیا کہ بنگلے میں ضرور کوئی چور آ گھسا ہے۔ وہ بڑی دلیری کے ساتھ چور کی تلاش میں بنگلے کے ایک ایک کمرے کا جائزہ لینے لگے۔ بنگلے میں ڈرائنگ روم کے علاوہ چار بیڈ روم تھے۔ ان میں سے ایک کو تو نواب صاحب اور نواب بیگم خود اپنے تصرف میں لاتے تھے اور باقی تین بند پڑے رہتے تھے۔ کیوں کہ ان کا اکلوتا صاحب زادہ مدت ہوئی کاروبار کے سلسلے میں کسی دوردراز ملک میں جا کر وہیں کا ہو رہا تھا اور دونوں صاحب زادیاں شادی کے بعد اپنے اپنے شوہر کے گھر آباد ہو گئی تھیں۔ بنگلے میں اب فقط نواب صاحب اور بیگم رہتے تھے۔ کوئی مستقل ملازم بھی نہ تھا، بس ایک چھوکرا تھا جو دن بھر ادھر اُدھر کے کام کر کے شام کو اپنے گھر چلا جاتا تھا۔

نواب صاحب بڑی کفایت شعاری سے گزر بسر کرتے تھے، نہ موٹر تھی نہ بگھی گھوڑا۔ پھر بھی ان کا شمار معززین شہر میں ہوتا تھا اور انھیں اکثر شہری تقریبات میں شمولیت کے لیے دعوت نامے آیا کرتے تھے۔ اس کی وجہ ان کی اعلیٰ نسبی، خاندانی وجاہت اور ذاتی شرافت تھی۔ انھیں فخر تھا کہ ان کا شجرۂ نسب کئی واسطوں سے نادر شاہ افشار سے جا ملتا ہے۔ ان دنوں وہ کچھ چپ چپ سی زندگی گزار رہے تھے۔ ان کے موجودہ مشاغل کا کسی کو علم نہ تھا اور نہ ہی کوئی ان کی آمدنی کا ٹھیک ٹھیک حال جانتا تھا۔ بعض کہتے تھے کہ انھیں اپنی زمینوں سے خاصی رقم مل جاتی ہے، بعض کہتے تھے کہ ان کا صاحب زادہ دوسرے تیسرے مہینے ایک خطیر رقم انھیں بھیجتا رہتا ہے۔ وہ طبعاً کم آمیز اور تنہائی پسند تھے۔ نہ کسی سے ملتے جلتے نہ کوئی ان سے ملنے آتا۔ بس اپنے بنگلے کی چار دیواری میں وہ اپنا خاندانی نام سینے سے لگائے گوشہ نشینی کی زندگی بسر کیے جا رہے تھے۔

نواب صاحب نے تینوں بیڈ روم ایک ایک کر کے دیکھ ڈالے، مگر انھیں چور کہیں نظر نہ آیا۔ باورچی خانہ بھی خالی پڑا تھا۔ وہ توشہ خانے کے پاس پہنچے۔ اس کا دروازہ کھولنا چاہا تو اندر سے بند پایا۔ انھیں یقین ہو گیا کہ چور اسی کے اندر ہے۔ انھوں نے چھڑی سے دروازہ ٹھوک کر تحکمانہ لہجے میں کہا، ''اندر کون ہے؟''

چند لمحے خاموشی رہی۔ انھوں نے دروازہ پھر ٹھوکا، ''تم جو کوئی بھی ہو فوراً دروازہ کھول کر باہر آ جاؤ۔'' اندر سے کوئی جواب نہ ملا۔ نواب صاحب نے بہت ڈانٹ کر کہا، ''دیکھو! اگر تم ایک منٹ کے اندر باہر نہ نکل آئے تو میں باہر سے دروازہ بند کر کے پولیس کو خبر کر دوں گا۔''

اس پر اندر سے چٹخنی سرکنے کی آواز سنائی دی۔نواب صاحب چھڑی تانے ہوئے تو تھے ہی، پھر بھی احتیاطاً دروازے کے سامنے سے ہٹ گئے کہ کہیں چور باہر نکلتے ہی وار نہ کر دے، مگر چور کے ہاتھ میں کوئی ہتھیار نہ تھا، وہ گردن جھکائے آہستہ آہستہ قدم اٹھاتا توشہ خانے سے نکل آیا، وہ کوئی پچیس چھبیس برس کا دبلا پتلا نوجوان تھا، پتلون اور سوئٹر پہنے، گلے کے گرد مفلر بڑے والہانہ انداز سے لپیٹے، انگریزی فیشن کے بال، جو گدی کے قریب پھیلے دار ہو گئے تھے، باریک باریک مونچھیں، لمبی لمبی قلمیں۔

''میاں صاحب زادے! شکل سے تو تم چور نہیں معلوم ہوتے۔ سچ سچ بتاؤ تم کون ہو؟''

نواب صاحب کے نرم لہجے سے چور کی ڈھارس بندھی، اس نے کہا: ''بہتر ہے کہ آپ ڈرائنگ روم میں تشریف لے چلیے، میں وہیں عرض کر دوں گا۔''

چور نے یہ الفاظ ایسے مہذب اور پر اعتماد لہجے میں کہے کہ نواب صاحب کو مجبوراً کہنا پڑا: ''اچھی بات ہے، تم آگے آگے چلو۔''

ڈرائنگ روم میں پہنچ کر نواب صاحب نے تیز روشنی میں چور کا چہرہ غور سے دیکھا تو انھیں کسی قسم کی درشتی یا بدکرداری کے آثار نظر نہیں آئے، نہ خوف یا گھبراہٹ کا نشان تھا۔اس کی آنکھوں میں ذہانت کی چمک تھی اور ہونٹوں پر خفیف سا تبسم، وہ بے تکلفی سے صوفے پر بیٹھ گیا اور کہنے لگا: ''آپ بھی تشریف رکھیے تو یہ ناچیز اپنا تعارف کرائے۔''

نواب صاحب کچھ مبہوت سے ہو کر کرسی پر بیٹھ گئے۔

''اس خاکسار کو بشیر علی کہتے ہیں۔اردو میں اچھی خاصی اور انگریزی میں معمولی شد بد رکھتا ہوں۔افسوس کہ میں اپنی تعلیم جاری نہ رکھ سکا۔''

''میاں صاحب زادے۔'' نواب صاحب نے اس کی بات کاٹ کر کہا: ''یہ باتیں تو بعد میں ہوں گی۔ پہلے یہ بتاؤ کہ تم یہاں آئے کس لیے ہو؟''

چور نے بڑی بے باکی سے کہا: ''آیا تو میں چوری کی نیت ہی سے تھا مگر میں نے سخت دھوکا کھایا۔''

''دھوکا کھایا؟ کیسا دھوکا؟''

میں نے یہ بنگلہ دوسرے بنگلوں سے الگ تھلگ اور ذرا سنسان جگہ دیکھ کر چوری کے لیے تاکا تھا۔پھر بنگلے کے باہر آپ کے نام کا جو بورڈ لگا تھا، نواب صمصام الدولہ تہوّر یار جنگ بہادر، اس نے بھی میرے لیے بڑی کشش پیدا کر دی۔پھر میں نے یہ دیکھا کہ یہاں نہ تو کوئی چوکیدار ہے، نہ نوکر چاکر۔بس آپ اور آپ کی بیگم ہی رہتی ہیں۔یہ بات بھی چوری کے لیے بڑی سازگار تھی۔چنانچہ جب آدھی رات گزر گئی تو میں بڑی امیدیں لیے ہوئے دیوار پھاند کر آپ کے بنگلے میں داخل ہو گیا، لیکن نواب صاحب! یقین جانیے یہاں قدم رکھنے کے دوسرے ہی لمحے مجھے اپنی حماقت اور انتہائی ناتجربے کاری کا احساس ہو گیا۔''

''وہ کیوں کر؟''

''وہ یوں نواب صاحب! بے تکلفی معاف کہ یہ بنگلہ سراسر ایک فریب ہے، ایک دھوکا ہے۔اس بنگلے میں کوئی ایک چیز بھی تو ایسی نہیں جو چرانے کے قابل ہو۔ذرا اس ڈرائنگ روم ہی پر نظر ڈالیے۔یہ دقیانوسی صوفہ سیٹ، یہ پرانا قالین، جس میں جگہ جگہ سوراخ ہیں، یہ پرانی گول میز، یہ بے ڈھنگی تپائیاں جن کا روغن اتر چکا ہے، دیوان پر یہ میلا سا پلنگ پوش بچھا ہے۔یہ پرانے مخملی گاؤ تکیے، یہ بوسیدہ پردے۔بھلا کوئی چور انھیں چرانے کی حماقت کر سکتا ہے اور اگر کر بھی لے تو ان کو اٹھا کے لے کہاں جائے گا۔چوروں کو، نواب صاحب! جس چیز سے دلچسپی ہوتی ہے، وہ اول تو ہے نقدی۔اس کے بعد جواہر اور زیورات کی باری آتی ہے اور ان کے بعد نوادر، سونے چاندی کے ظروف، گھڑیاں خواہ جیبی ہوں یا کلائی کی، پھر ریشمی کپڑے، بنارسی ساڑیاں، قیمتی گرم کپڑے کے عمدہ سلے ہوئے مردانہ سوٹ، پھر آتشی اسلحہ جیسے بندوق یا پستول، یا پھر تفریح یا دل بہلاوے کی چیزیں ریڈیو یا ٹرانزسٹر، سلائی کی مشین بھی بری نہیں، گو ذرا بھاری ہوتی ہے۔آپ کے ہاں سے تو معاف کیجیے گا نواب صاحب! میرے ہاتھ عمدہ قسم کا ایک قلم تک نہیں لگا۔مہربانی کر کے اپنے بنگلے کے دروازے سے اپنے نام کا بورڈ اتروا لیجیے، یا پھر اپنا نام بدل لیجیے، ورنہ

بھلا سے نہ جانے کتنے احمق اور ناتجربے کار چور یہاں آکر ناحق اپنا وقت ضائع کرتے رہیں گے۔ آپ کے تینوں بیڈروم، جو خالی پڑے ہیں، ان میں ٹوٹے پھوٹے نواڑی پلنگوں کے سوا کچھ بھی نہیں اور پھر خود آپ کے اپنے بیڈروم میں.....''

''تو کیا تم میری خواب گاہ میں بھی داخل ہوئے تھے؟''

''جی داخل ہی نہیں ہوا، پورے دو گھنٹے آپ کی موانست میں گزارے ہیں۔ اس دوران آپ برابر زور زور سے اور آپ کی بیگم صاحبہ ہلکے ہلکے خراٹے لیتی رہیں۔ جب سب طرف سے مایوس ہو کر میں آپ کے کمرے میں پہنچا اور میں نے تجوری دیکھی تو میری باچھیں کھل گئیں۔ مجھے یقین ہو گیا کہ میری محنت اکارت نہیں جائے گی۔ میں اس بنگلے سے خالی ہاتھ نہیں جاؤں گا۔ پورے دو گھنٹے کی جدوجہد کے بعد تجوری کھولنے میں کامیاب ہو گیا، لیکن نواب صاحب! آپ میری مایوسی کا اندازہ نہیں کر سکتے جب اس تجوری سے چند کاغذات کے سوا میرے ہاتھ کچھ نہ لگا اور یہ کاغذات کیا تھے، ایک تو تھا آپ کا خاندانی شجرہ اور دوسرے تھے آپ کے اپنے اور صاحب زادیوں کے نکاح نامے۔ گھبرایئے نہیں نواب صاحب! میں نے احتیاط سے پھر انھیں تجوری میں بند کر دیا تھا، اس کے بعد آپ کے کپڑوں کی الماری کی طرف متوجہ ہوا مگر اس میں بھی مجھے دو تین پرانی شیروانیوں اور بوسیدہ ساڑھیوں کے سوا، جن کا رنگ اڑ چکا تھا، کچھ نظر نہ آیا۔ میں نے آپ کی شیروانیوں کی سبھی جیبیں ٹٹول ڈالیں مگر قسم لے لیجیے جو کسی میں سے ایک چونی تک نکلی ہو۔ میں بہت تھک کر اور مایوس ہو کر آپ کی خواب گاہ سے نکلا اور دوبارہ ڈرائنگ روم میں پہنچا کہ جانے سے پہلے ایک نظر اور ڈال لوں، مگر میری بے احتیاطی، بلکہ لاپروائی نے مجھے تپائی سے ٹھوکر کھلوائی۔ کھڑکا سن کر آپ جاگ اٹھے اور مجھے توشہ خانے میں پناہ لینی پڑی۔ تو نواب صاحب! یہ ہے میری کہانی۔''

نواب صمصام الدولہ بڑے غور سے چور کی باتیں سنتے رہے۔ وہ خاموش ہوا تو انھوں نے پوچھا: ''کیا تمھیں یہ ڈر نہیں کہ میں تمھیں پولیس کے حوالے کر دوں گا۔''

ہرگز نہیں۔ کیونکہ مجھے یقین ہے کہ آپ، معاف کیجیے گا، ایسی حماقت کبھی نہیں کریں گے۔ جب تک میں نے اس بنگلے کا جائزہ نہیں لیا تھا، مجھے یہ ڈر ضرور تھا مگر اب مطلق نہیں۔ شاید آپ مجھے چھ ماہ یا سال کی قیدی کی سزا دلوانے میں کامیاب ہو جائیں، مگر اس کے ساتھ ہی آپ کی ثروت و خاندانی وجاہت اور نام و ناموس کا پول بھی تو سارے شہر پر کھل جائے گا۔ پولیس کے افسر موقعہ واردات دیکھنے آئیں گے اور پھر اخباروں میں میرا بیان چھپے گا کہ افسوس صد افسوس، مجھے خواہ مخواہ یہ ذلت اٹھانی پڑی، کیونکہ نواب صمصام الدولہ تہور یار جنگ بہادر کے بنگلے میں تو ایک بھی چیز ایسی نظر نہ آئی جو چرانے کے قابل ہوتی تو آپ اپنے جیسوں کو کیا منہ دکھانے کے قابل رہیں گے؟''

نواب صاحب سے اس کا کچھ جواب نہ بن پڑا۔ چند لمحے خاموشی رہی، چونکہ رات زیادہ گزر چکی تھی، اس لیے نواب صاحب نے یہ قضیہ نمٹانے کے لیے پوچھا۔

''تو میاں صاحب زادے! اب تم کیا چاہتے ہو؟''

''بس مجھے تھوڑی سی نقدی دلوا دیجیے۔ یقین جانیے نواب صاحب! میں نے آج دن بھر کچھ نہیں کھایا۔'' نواب صاحب چند لمحے سوچتے رہے، پھر بولے۔

''تم چپ چاپ یہیں بیٹھے رہو۔ میں کچھ انتظام کرتا ہوں۔'' یہ کہہ کر وہ اپنی خواب گاہ میں گئے۔

نواب بیگم ابھی تک میٹھی نیند سو رہی تھیں اور ہلکے ہلکے خراٹے لے رہی تھیں۔ نواب صاحب نے آہستہ سے ان کا شانہ پکڑ کر ہلایا۔

''نواب بیگم! نواب بیگم! ذرا اٹھنا۔''

نواب بیگم ہڑبڑا کر اٹھ بیٹھیں۔ ''کیا ہے نواب صاحب؟''

''مجھے کچھ روپے چاہئیں۔''

''روپے؟ بھلا میرے پاس کہاں سے آئے۔''

''وہ جو صبح میں نے تمہیں پانچ کا نوٹ دیا تھا وہ کیا ہوا؟''

''ارے بھول گئی۔ وہ تو ہے یہیں سرہانے کے نیچے۔''

'تو لاؤ جلدی سے نکال کر دے دو۔''

''کیا کیجیے گا اس نوٹ کو؟''

''بھئی ایک دوست کو دینا ہے۔ بے چارہ بڑی مصیبت میں گرفتار ہے، جبھی تو ایسے ناوقت میرے پاس آیا ہے۔ جلدی کرو نواب بیگم! میں نہیں چاہتا کہ بے چارہ مایوس ہو کر بنگلے سے خالی ہاتھ چلا جائے۔''

OOO

قدرت اللہ شہاب

# ماں جی

ماں جی کی پیدائش کا صحیح سال معلوم نہ ہو سکا۔

جس زمانے میں لائل پور کا ضلع نیا نیا آباد ہو رہا تھا۔ پنجاب کے ہر قصبے سے غریب الحال لوگ زمین حاصل کرنے کے لیے اس نئی کالونی میں جوق در جوق کھینچے چلے آ رہے تھے۔ عرف عام میں لائل پور، جھنگ، سرگودھا وغیرہ کو "بار" کا علاقہ کہا جاتا۔

اس زمانے میں ماں جی کی عمر دس بارہ سال تھی۔ اس حساب سے ان کی پیدائش پچھلی صدی کے آخر میں دس پندرہ سالوں میں کسی وقت ہوئی ہوگی۔

ماں جی کا آبائی وطن تحصیل روپڑ ضلع انبالہ میں ایک گاؤں منیلہ نامی تھا۔ والدین کے پاس پندرہ ایکڑ اراضی تھی۔ ان دنوں روپڑ میں دریائے ستلج سے نہر سرہند کی کھدائی ہو رہی تھی۔ نانا جی کی اراضی نہر کی کھدائی میں ضم ہو گئی۔ روڈ پر انگریز حاکم کے دفتر سے ایسی زمینوں کے معاوضے دیے جاتے تھے۔ نانا جی دو تین بار معاوضے کی تلاش میں شہر گئے۔ لیکن سیدھے آدمی تھے۔ کبھی اتنا بھی معلوم نہ کر سکے کہ انگریز کا دفتر کہاں ہے اور معاوضہ وصول کرنے کے لیے کیا قدم اٹھانا چاہیے۔ انجام کار صبر و شکر کر کے بیٹھ گئے۔ اور نہر کی کھدائی میں مزدوری کرنے لگے۔

انھی دنوں پر چہ لگا کر میں کالونی کھل گئی ہے۔ اور نئے آبادکاروں کو مفت زمین مل رہی ہے۔ نانا جی اپنی بیوی، دو ننھے بیٹوں اور ایک بیٹی کا کنبہ ساتھ لے کر لائل پور روانہ ہو گئے۔ سواری کی توفیق نہ تھی۔ اس لیے پاپیادہ چل کھڑے ہوئے۔

راستے میں محنت مزدوری کر کے پیٹ پالتے۔ نانا جی جگہ بہ جگہ قلی کا کام کر لیتے یا کسی ٹال پر لکڑیاں چیر دیتے نانی اور ماں جی کسی کا سوت کات دیتیں یا مکانوں کے فرش اور دیواریں لیپ دیتیں۔ لائل پور کا صحیح راستہ کسی کو نہ آتا تھا۔ جگہ جگہ بھٹکتے تھے۔ اور پوچھ پاچھ کر دنوں کی منزل ہفتوں میں طے کرتے تھے۔

ڈیڑھ دو مہینے کی مسافت کے بعد جڑانوالہ پہنچے۔ پاپیادہ چلنے اور محنت مزدوری کی مشقت سے سب کے جسم نڈھال اور پاؤں سوجے ہوئے تھے۔ یہاں پر چند ماہ قیام کیا۔ نانا جی دن بھر غلہ منڈی میں بوریاں اٹھانے کا کام کرتے۔ نانی چرخہ کات کر سوت بیچتیں اور ماں جی گھر سنبھالتیں جو ایک چھوٹے سے جھونپڑے پر مشتمل تھا۔

انھی دنوں بقر عید کا تہوار آیا۔ نانا جی کے پاس چند روپے جمع ہو گئے تھے۔ اُنھوں نے ماں جی کو تین آنے بطور عیدی دیے۔ زندگی میں پہلی بار ماں جی کے ہاتھ اتنے پیسے آئے تھے۔ انھوں نے بہت سوچا لیکن اس رقم کا کوئی مصرف ان کی سمجھ میں نہ آ سکا۔ وفات کے وقت ان کی عمر کوئی اسی برس کے لگ بھگ تھی لیکن ان کے نزدیک سو روپے، پانچ روپے کے نوٹوں میں امتیاز کرنا آسان کام نہ تھا۔ عیدی کے تین آنے کئی روز ماں جی کے دوپٹے کے ایک کونے میں بندھے رہے جس روز وہ جڑانوالہ سے رخصت ہو رہی تھیں ماں جی نے گیارہ پیسے کا تیل خرید کر مسجد کے چراغ میں ڈال دیا۔ باقی ایک پیسہ اپنے پاس رکھا اس کے بعد جب کبھی گیارہ پیسے پورے ہو جاتے وہ فوراً مسجد میں تیل بھجوا دیتیں۔ ساری عمر جمعرات کی شام کو اس عمل میں بڑی وضع داری سے پابند رہیں۔ رفتہ رفتہ بہت سی مسجدوں میں بجلی آ گئی لیکن لاہور اور کراچی جیسے شہروں میں بھی انھیں ایسی مسجدوں کا علم رہتا ہے جن کے چراغ اب بھی تیل سے روشن ہوتے ہیں۔ وفات کی شب بھی ماں جی کے سرہانے ململ کے رومال میں بندھے ہوئے چند آنے موجود تھے۔ غالباً یہ پیسے بھی مسجد کے تیل کے لیے جمع کر رکھے تھے چونکہ وہ جمعرات کی شب تھی۔

ان چند آنوں کے علاوہ ماں جی کے پاس نہ کچھ اور رقم تھی، نہ کوئی زیور، اسباب دنیا میں ان کے پاس گنتی کی چند چیزیں تھیں تین جوڑے سوتی کپڑوں کے ایک جوڑا دیسی جوتا، ایک جوڑا ربڑ کے چپل، ایک عینک، ایک انگوٹھی جس میں تین چھوٹے چھوٹے فیروزے جڑے ہوئے تھے۔ ایک جائے نماز ایک تسبیح اور باقی اللہ اللہ۔

پہننے کے تین جوڑوں کو وہ خاص اہتمام سے رکھتی تھیں۔ ایک زیب تن دوسرا اپنے ہاتھوں سے دھو کر تکیے کے نیچے رکھا رہتا تھا۔ تا کہ استری ہو جائے تیسرا دھونے کے لیے تیار ان کے علاوہ اگر چوتھا کپڑا ان کے پاس آ جاتا تو وہ چپکے سے ایک جوڑا کسی کو دے دیتی تھیں۔ اسی وجہ سے ساری عمر انہیں سوٹ کیس دیکھنے کی حاجت محسوس نہ ہوئی۔ لمبے سے لمبے سفر پر روانہ ہونے کے لیے انہیں تیاری میں چند منٹ سے زیادہ نہ لگتے تھے۔ کپڑوں کی پوٹلی بنا کر انہیں جائے نماز میں لپیٹا۔ جاڑوں میں اُونی فرد اور گرمیوں میں ململ کے دوپٹے کی بکل ماری اور جہاں کہیے چلے سفر آخرت بھی انہوں نے اس
سادگی سے اختیار کیا۔ میلے کپڑے اپنے ہاتھوں سے دھو کر تکیے کے نیچے رکھے نہا دھو کر بال سکھائے اور چند منٹوں میں زندگی کے سب سے لمبے سفر پر روانہ ہو گئیں۔ جس خاموشی سے دنیا میں رہی تھیں۔ اسی خاموشی سے عقبیٰ کو سدھار گئیں۔ غالباً اسی موقع کے لیے وہ اکثر یہ دعا مانگا کرتی تھیں۔ کہ اللہ تعالیٰ ہاتھ چلتے چلاتے اٹھا لے۔ اللہ کبھی کسی کا محتاج نہ کرے......

کھانے پینے میں وہ کپڑے لتے سے بھی زیادہ سادہ اور غریب مزاج تھیں۔ ان کی مرغوب ترین غذا مکئی کی روٹی، دھنیے، پودینے کی چٹنی کے ساتھ تھی۔ باقی چیزیں خوشی سے تو کھا لیتی تھیں۔ لیکن شوق سے نہیں۔ تقریباً ہر نوالے پر اللہ کا شکر ادا کرتی تھیں۔ پھلوں میں کبھی بہت ہی مجبور کیا جائے تو کبھی کبھار کیلے کی فرمائش کرتی تھیں۔ البتہ ناشتے میں چائے کے دو پیالے اور تیسرے پہر سادہ چائے کا ایک پیالہ ضرور پیتی تھیں۔ کھانا صرف ایک وقت کھاتی تھیں اکثر و بیشتر دوپہر کا شاذ و نادر رات کا گرمیوں میں عموماً مکھن نکالی ہوئی پتلی نمکین لسی کے ساتھ ایک آدھ سادہ چپاتی ان کی محبوب خوراک تھی۔ دوسرے کو کوئی چیز رغبت سے کھاتے دیکھ کر خوش ہوتی تھیں اور ہمیشہ یہ دعا کرتی تھیں۔ سب کا بھلا خاص کر اپنے یا اپنے بچوں کے لیے انہوں نے براہ راست کبھی کچھ نہ مانگا۔ پہلے دوسروں کے لیے مانگتی تھیں اس کے بعد مخلوقِ خدا کی حاجت روائی کے طفیل اپنے بچوں یا عزیزوں کا بھلا چاہتی تھیں۔ اپنے بیٹوں یا بیٹیوں کو انہوں نے اپنی زبان سے کبھی "میرے بیٹے" یا میری بیٹی کہنے کا دعویٰ نہیں کیا۔ ہمیشہ ان کو اللہ کا مال کہا کرتی تھیں۔

کسی سے کوئی کام لینا ماں جی پر بہت گراں گزرتا تھا۔ اپنے سب کام وہ اپنے ہاتھوں خود انجام دیتی تھیں۔ اگر کوئی ملازم زبردستی ان کا کام کوئی کر دیتا تو انہیں ایک عجیب قسم کی شرمندگی کا احساس ہونے لگتا تھا اور احسان مندی سے سارا دن اسے دعائیں دیتی رہتی تھیں۔

سادگی اور درویشی کا یہ رکھ رکھاؤ کچھ قدرت نے ماں جی کی سرشت میں پیدا کیا تھا۔ کچھ یقیناً زندگی کے زیر و بم نے سکھایا تھا۔

جڑانوالہ میں کچھ عرصہ قیام کے بعد جب وہ اپنے والدین اور خورد سال بھائیوں کے ساتھ زمین کی تلاش میں لائل پور کی کالونی کی طرف روانہ ہوئیں تو انہیں کچھ معلوم نہ تھا کہ انہیں کس مقام پر جانا ہے اور زمین حاصل کرنے کے لیے کیا قدم اٹھانا ہے۔ ماں جی بتایا کرتی تھیں کہ اس زمانے میں ان کے ذہن میں کالونی کا تصور ایک فرشتہ سیرت بزرگ کا تھا جو کہیں سرِ راہ بیٹھا زمین کے پروانے تقسیم کر رہا ہوگا۔ کئی ہفتے یہ چھوٹا سا قافلہ لائل پور کے علاقے میں پا پیادہ بھٹکتا رہا۔ لیکن کسی راہ گزر پر انہیں کالونی کا خضر صورت رہنما نہ مل سکا۔ آخر تنگ آ کر انہوں نے چک نمبر ۳۹۲ میں جوان دنوں نیا نیا آباد ہو رہا تھا ڈیرے ڈال دیے۔ لوگ جوق در جوق وہاں آ کر آباد ہو رہے تھے۔ نانا جی نے اپنی سادگی میں یہ سمجھا کہ کالونی میں آباد ہونے کا شاید یہی ایک طریقہ ہوگا۔ چنانچہ انہوں نے ایک چھوٹا سا احاطہ گھیر کر گھاس پھوس کی جھونپڑی بنائی اور بنجر اراضی کا ایک قطعہ تلاش کر کے کاشت کی تیاری کرنے لگے۔ انہی دنوں محکمہ مال کا عملہ پڑتال کے لیے آیا۔ نانا جی کے پاس الاٹمنٹ کے کاغذات نہ تھے۔ چنانچہ انہیں چک سے نکال دیا گیا اور سرکاری زمین پر ناجائز جھونپڑا بنانے کی پاداش میں ان کے برتن اور بستر قرق کر لیے۔ عملے کے ایک آدمی نے کی بالیاں بھی ماں جی کے کانوں سے اتروالیں۔ ایک بالی اتارنے میں ذرا دیر ہوئی تو اس نے زور سے کھینچا جس سے ماں جی کے بائیں کان کا زیریں حصہ بُری طرح سے پھٹ گیا۔

چک نمبر ۳۹۲ سے نکل کر جو راستہ سامنے آیا اس پر چل کھڑے ہوئے۔ گرمیوں کے دن تھے۔ دن بھر لو چلتی تھی۔ پانی رکھنے

کے لیے مٹی کا پیالہ بھی پاس نہ تھا۔ جہاں کہیں کوئی کنواں نظر آتا ماں جی اپنا دوپٹہ بھگو لیتیں تاکہ پیاس لگنے سے اپنے چھوٹے بھائیوں کو چسائی جائیں۔ اس طرح وہ چلتے چلتے چک نمبر ۵۰۷ میں پہنچے جہاں ایک پہچان کے آبادکار نے نانا جی کو اپنا مزارع رکھ لیا۔ نانا جی ہل چلاتے تھے۔ نانی مویشی چرانے لے جاتی تھیں۔ ماں جی کھیتوں سے گھاس اور چارہ کاٹ کر زمیندار کی بھینسوں اور گایوں کے لیے لایا کرتی تھیں۔ ان دنوں انہیں اتنا مقدور بھی نہ تھا کہ ایک وقت کی روٹی بھی پوری طرح کھا سکیں۔ کسی وقت جنگلی بیروں پر گذارہ ہوتا تھا کبھی خربوزے کے چھلکے اُبال کر کھا لیتے تھے۔ کبھی کسی کھیت میں کچی انبیاں گری ہوئی مل گئیں تو ان کی چٹنی بنا لیتے تھے۔ ایک روز کہیں سے توریے اور کلتھے کا ملا جلا ساگ ہاتھ آ گیا۔ نانی مزدوری میں مصروف تھی۔ ماں جی نے ساگ چولہے پر چڑھایا۔ جب پک کر تیار ہو گیا اور ساگ کو الّن لگا کر گھوٹنے کا وقت آیا تو ماں جی نے ڈوئی ایسے زور سے چلائی کہ ہنڈیا کا پیندا ٹوٹ گیا اور سارا ساگ بہہ کر چولہے پر آ پڑا۔ ماں جی کو نانی سے ڈانٹ پڑی اور مار بھی رات کو سارے خاندان نے چولہے کی لکڑیوں پر گرا ہوا ساگ انگلیوں سے چاٹ چاٹ کر کسی قدر پیٹ بھرا۔

چک نمبر ۵۰۷ نانا جی کو خوب راس آیا۔ چند ماہ کی محنت مزدوری کے بعد نئی آبادکاری کے سلسلے میں آسان قسطوں پر ان کو ایک مربع زمین مل گئی۔ رفتہ رفتہ دن پھرنے لگے اور تین سال میں ان کا شمار گاؤں کے کھاتے پیتے لوگوں میں ہونے لگا۔ جوں جوں فارغ البالی بڑھتی گئی توں توں آبائی وطن کی یاد ستانے لگی۔ چنانچہ خوشحالی کے پانچ سال گذارنے کے بعد سارا خاندان ریل میں بیٹھ کر منیلہ کی طرف روانہ ہوا۔ ریل کا سفر ماں جی کو بہت پسند آیا۔ وہ سارا وقت کھڑکی سے باہر منہ نکال کر تماشہ دیکھتی رہیں۔ اس عمل میں کوئلے کے بہت سے ذرے ان کی آنکھوں پر پڑ گئے جس کی وجہ سے کئی روز تک وہ آشوب چشم میں جتلا رہیں۔ اس تجربے کے بعد انہوں نے ساری عمر اپنے کسی بچے کو ریل کی کھڑکی سے باہر منہ نکالنے کی اجازت نہ دی۔

ماں جی ریل کے تھرڈ کلاس ڈبے میں بہت خوش رہتی تھیں۔ ہم سفر عورتوں اور بچوں سے فوراً گھل مل جاتیں سفر کی تھکان اور راستے کے گرد و غبار کا ان پر کچھ اثر نہ ہوتا۔ اس کے برعکس اونچے درجوں میں بہت بیزار ہوتیں۔ ایک دو بار جب انہیں مجبوراً ایرکنڈیشن ڈبے میں سفر کرنا پڑا تو تھک کر چُور ہو گئیں اور سارا وقت قید کی صعوبت کی طرح ان پر گزرا۔

منیلہ پہنچ کر نانا جی نے اپنا آبائی مکان کو درست کیا۔ عزیز و اقارب کو تحائف دیے۔ دعوتیں ہوئیں اور پھر ماں جی کے لیے بَر ڈھونڈنے کا سلسلہ شروع ہو گیا۔

اس زمانے میں لائل پور کے مربعہ داروں کی بڑی دھوم تھی۔ ان کا شمار خوش قسمت اور باعزت لوگوں میں ہوتا تھا۔ چنانچہ چاروں طرف سے ماں جی کے لیے پے در پے پیام آنے لگے۔ یوں بھی ان دنوں ماں جی کے بڑے ٹھاٹھ باٹھ تھے۔ برادری والوں پر رعب گانٹھنے کے لیے نانی جی انہیں ہر روز نت نئے کپڑے پہناتی تھیں اور ہر وقت دلہنوں کی طرح بجھا کر رکھتی تھیں۔

کبھی کبھار پرانی یادوں کو تازہ کرنے کے لیے ماں جی بڑے معصوم فخر سے کہا کرتی تھیں۔ ان دنوں میرا تو گاؤں میں نکلنا دوبھر ہو گیا تھا میں جس طرف سے گزر جاتی لوگ ٹھٹھک کر کھڑے ہو جاتے اور کہا کرتے۔ خیال بخش مربع دار کی بیٹی جا رہی ہے۔ دیکھیے کون سا خوش نصیب اسے بیاہ کر لے جائے گا۔

''ماں جی! آپ کی اپنی نظر میں کوئی ایسا خوش نصیب نہیں تھا؟'' ہم لوگ چھیڑنے کی خاطر اُن سے پوچھا کرتے۔

''توبہ توبہ پُت'' ماں جی کانوں پر ہاتھ لگاتیں میری نظر میں بھلا کوئی کیسے ہو سکتا تھا۔ ہاں میرے دل میں اتنی سی خواہش ضرور تھی کہ اگر مجھے ایسا آدمی ملے جو دو حرف پڑھا لکھا ہو تو خدا کی بڑی مہربانی ہو گی۔''

ساری عمر میں غالباً یہی ایک خواہش تھی جو ماں جی کے دل میں خود اپنی ذات کے لیے پیدا ہوئی۔ اس کو خدا نے یوں پورا کر دیا کہ اسی سال ماں جی کی شادی عبداللہ صاحب سے ہو گئی۔

ان دنوں سارے علاقے میں عبداللہ صاحب کا طوطی بول رہا تھا۔ وہ ایک امیر کبیر گھرانے کے چشم و چراغ تھے۔ لیکن پانچ چھ برس کی عمر میں یتیم ہو گئے اور بے حد مفلوک الحال بھی۔ جب باپ کا سایہ سر سے اُٹھا تو یہ انکشاف ہوا کہ ساری آبائی جائیداد رہن پڑی ہے۔ چنانچہ عبداللہ صاحب اپنی والدہ کے ساتھ ایک جھونپڑے میں اُٹھ آئے۔ زر اور زمین کا یہ انجام دیکھ کر انہوں

نے ایسی جائیداد بنانے کا عزم کرلیا جو مہاجنوں کے ہاتھ گروی نہ رکھی جاسکے۔ چنانچہ عبداللہ صاحب دل وجان سے تعلیم حاصل کرنے میں منہمک ہو گئے۔ وظیفے پر وظیفہ حاصل کر کے اور دو دو سال کے امتحان ایک ایک سال میں پاس کر کے پنجاب یونیورسٹی کے میٹریکولیشن میں اول آئے۔ اس زمانے میں غالباً یہ پہلا موقع تھا کہ کسی مسلمان طالب علم نے یونیورسٹی امتحان میں ریکارڈ قائم کیا ہو۔

اُڑتے اُڑتے یہ خبر سرسید کے کانوں میں پڑ گئی جو اس وقت علی گڑھ مسلم کالج کی بنیاد رکھ چکے تھے۔ انہوں نے اپنا خاص منشی گاؤں میں بھیجا اور عبداللہ صاحب کو وظیفہ دے کر علی گڑھ بلالیا۔ یہاں پر عبداللہ صاحب نے خوب بڑھ چڑھ کر اپنا رنگ نکالا اور بی۔اے کرنے کے بعد انیس برس کی عمر میں وہیں پر انگریزی، عربی، فلسفہ اور حساب کے لیکچرار ہو گئے۔

سرسید کو اس بات کی دھن تھی کہ مسلمان نوجوان زیادہ سے زیادہ تعداد میں اعلیٰ ملازمتوں میں جائیں۔ چنانچہ انہوں نے عبداللہ صاحب کو سرکاری وظیفہ دلوایا کہ وہ انگلستان میں جا کر آئی سی ایس کے امتحان میں شریک ہوں۔

پچھلی صدی کے بڑے بوڑھے سات سمندر پار کر کے سفر کو بلائے ناگہانی سمجھتے تھے۔ عبداللہ صاحب کی والدہ نے بیٹے کو ولایت جانے سے منع کر دیا۔ عبداللہ صاحب کی سعادت مندی آڑے آئی اور انہوں نے وظیفہ واپس کر دیا۔

اس حرکت پر سرسید کو بے حد غصہ بھی آیا اور دکھ بھی ہوا۔ انہوں نے لاکھ سمجھایا بجھایا، ڈرایا، دھمکایا لیکن عبداللہ صاحب ٹس سے مس نہ ہوئے۔

''کیا تم اپنی بوڑھی ماں کو قوم کے مفاد پر ترجیح دیتے ہو؟'' سرسید نے کڑک کر پوچھا۔

''جی ہاں'' عبداللہ صاحب نے جواب دیا۔

یہ ٹکا سا جواب سن کر سرسید صاحب آپے سے باہر ہو گئے کمرے کا دروازہ بند کر کے پہلے انہوں نے عبداللہ صاحب کو لاتوں، مکوں، تھپڑوں اور جوتوں سے خوب پیٹا اور کالج کی نوکری سے برخواست کر کے یہ کہہ کر علی گڑھ سے نکال دیا۔ ''اب تم ایسی جگہ جا کر مرو جہاں سے میں تمہارا نام بھی نہ سن سکوں۔''

عبداللہ صاحب جتنے سعادت مند بیٹے تھے۔ اتنے سعادت مند شاگرد بھی تھے۔ نقشے پر انہیں سب سے دور افتادہ اور دشوار گزار مقام گلگت نظر آیا۔ چنانچہ چودہ ناک کی سیدھ گلگت پہنچے اور دیکھتے ہی دیکھتے وہاں کی گورنری کے عہدے پر فائز ہو گئے۔

جن دنوں ماں جی کی منگنی کی فکر ہو رہی تھی۔ انہی دنوں عبداللہ صاحب بھی چھٹی پر گاؤں آئے ہوئے تھے۔ قسمت میں دونوں کا سنجوگ لکھا ہوا تھا۔ ان کی منگنی ہو گئی اور ایک ماہ بعد شادی بھی ٹھہر گئی تاکہ عبداللہ صاحب دلہن کو اپنے ساتھ گلگت لے جائیں۔

منگنی کے بعد ایک روز ماں جی اپنی سہیلیوں کے ساتھ پاس والے گاؤں میں میلہ دیکھنے گئی تھیں۔ اتفاقاً یا شاید دانستہ عبداللہ صاحب بھی وہاں پہنچ گئے۔

ماں جی کی سہیلیوں نے انہیں گھیر لیا اور ہر ایک نے چھیڑ چھیڑ کر ان سے پانچ پانچ روپے وصول کر لیے۔ عبداللہ صاحب نے ماں جی کو بہت سے روپے پیش کیے لیکن انہوں نے انکار کر دیا۔ بہت اصرار بڑھ گیا تو مجبوراً ماں جی نے گیارہ پیسے کی فرمائش کی۔

''اتنے بڑے میلے میں گیارہ پیسے لے کر کیا کرو گی؟'' عبداللہ صاحب نے پوچھا

''اگلی جمعرات کو آپ کے نام سے مسجد میں تیل ڈلوادوں گی۔'' ماں جی نے جواب دیا۔

زندگی کے میلے میں بھی عبداللہ صاحب کے ساتھ ماں جی کا لین دین صرف جمعرات کے گیارہ پیسوں تک ہی محدود رہا۔ اس سے زیادہ رقم نہ کبھی انہوں نے مانگی نہ اپنے پاس رکھی۔

گلگت میں عبداللہ صاحب کی بڑی شان وشوکت تھی خوبصورت بنگلہ، وسیع باغ۔ نوکر چاکر دروازے پر سپاہیوں کا پہرہ جب عبداللہ صاحب دورے پر باہر چلے جاتے تھے یا واپس آتے تھے تو سات توپوں کی سلامی دی جاتی تھی۔ یوں بھی گلگت کا گورنر

خاص سیاسی انتظامی اور سماجی اقتدار کا حامل تھا۔ لیکن ماں جی پر اس سارے جاہ و جلال کا ذرا بھی اثر نہ ہوا۔ کسی قسم کا چھوٹا بڑا ماحول ان پر اثر انداز نہ ہوتا تھا بلکہ ماں جی کی اپنی سادگی اور خود اعتمادی ہر ماحول پر خاموشی سے چھا جاتی تھی۔

ان دنوں سر مالکم ہیلی حکومت برطانیہ کی طرف سے گلگت کی روسی اور چینی سرحدوں پر پولیٹیکل ایجنٹ کے طور پر مامور تھے۔ ایک روز لیڈی ہیلی اور ان کی بیٹی ماں جی سے ملنے آئیں۔ انہوں نے فراک پہنے ہوئے تھے اور پنڈلیاں کھلی تھیں۔ یہ بے حجابی ماں جی کو پسند نہ آئی۔ انہوں نے لیڈی ہیلی سے کہا "تمہاری عمر جیسے تیسے گزرنی تھی، گزر رہی گئی ہے اب آپ اپنی بیٹی کی عاقبت تو خراب نہ کرو" یہ کہہ کر انہوں نے مس ہیلی کو اپنے پاس رکھ لیا اور چند مہینوں میں اُسے کھانا پکانا، سینا پرونا، برتن مانجھنا، کپڑے دھونا سکھا کر ماں باپ کے پاس واپس بھیج دیا۔

جب روس میں انقلاب برپا ہوا تو لارڈ کچز سرحدوں کا معائنہ کرنے گلگت آئے۔ ان کے اعزاز میں گورنری کی طرف سے ضیافت کا اہتمام ہوا۔ ماں جی نے اپنے ہاتھ سے دس بارہ قسم کے کھانے پکائے۔ کھانے لذیذ تھے۔ لارڈ کچز نے اپنی تقریر میں کہا۔ "مسز گورنر جس خانساماں نے یہ کھانے پکائے ہیں، براہ مہربانی میری طرف سے آپ ان کے ہاتھ چوم لیں۔"

دعوت کے بعد عبداللہ صاحب فرحاں و شاداں گھر لوٹے تو دیکھا کہ ماں جی باورچی خانے کے ایک گوشے میں چٹائی پر بیٹھی نمک اور مرچ کی چٹنی کے ساتھ مکئی کی روٹی کھا رہی ہیں۔

ایک اچھے گورنر کی طرح عبداللہ صاحب نے ماں جی کے ہاتھ چومے اور کہا اگر لارڈ کچز یہ فرمائش کرتا کہ وہ خود خانساماں کے ہاتھ چومنا چاہتا ہے تو پھر تم کیا کرتیں؟"

"میں" ماں جی تنک کر بولیں۔ "میں اس کی مونچھیں پکڑ کر جڑ سے اکھاڑ دیتی۔ پھر آپ کیا کرتے؟"

"میں" عبداللہ صاحب نے ڈرامہ کیا میں ان مونچھوں کو روئی میں لپیٹ کر وائسرائے کے پاس بھیج دیتا اور تمہیں ساتھ لے کر کہیں اور بھاگ جاتا۔ جیسے سر سید کے ہاں سے بھاگا تھا۔

ماں جی پر ان مکالموں کا کچھ بھی اثر نہ ہوتا تھا لیکن ایک بار ــــ ماں جی رشک و حسد کی اس آگ میں جل بھن کر کباب ہو گئیں۔ جو ہر عورت کا ازلی ورثہ ہے۔

گلگت میں ہر قسم کے احکامات "گورنری" کے نام پر جاری ہوتے تھے۔ جب یہ چرچا ماں جی تک پہنچا تو انہوں نے عبداللہ صاحب سے گلہ کیا۔

"بھلا حکومت تو آپ کرتے ہیں لیکن گورنری گورنری کہہ کر مجھ غریب کا نام بیچ میں کیوں لایا جاتا ہے خواہ مخواہ!"

عبداللہ صاحب علی گڑھ کے پڑھے ہوئے تھے۔ رگ ظرافت پھڑک اٹھی اور بے اعتنائی سے فرمایا۔ بھاگوان یہ تمہارا نام تھوڑا ہے۔ گورنری تو دراصل تمہاری سوکن ہے۔ جو دن رات میرا پیچھا کرتی رہتی ہے۔"

مذاق کی چوٹ تھی۔ عبداللہ نے سمجھا بات آئی گئی ہو گئی لیکن ماں جی کے دل پر غم بیٹھ گیا۔ اس غم میں وہ اندر ہی اندر کڑھنے لگیں۔

کچھ عرصے کے بعد کشمیر کا مہاراجہ پرتاب سنگھ اپنی مہارانی کے ساتھ گلگت کے دورے پر آیا۔ ماں جی نے مہارانی کو اپنے دل کا حال سنایا۔ مہارانی بھی سادہ عورت تھی۔ جلال میں آ گئی۔ ہائے ہائے ہمارے راج میں ایسا ظلم میں آج ہی مہاراج سے کہوں گی کہ وہ عبداللہ صاحب کی خبر لیں۔

جب یہ مقدمہ مہاراج پرتاب سنگھ تک پہنچا تو انہوں نے عبداللہ صاحب کو بلا کر پوچھ گچھ کی۔ عبداللہ صاحب بھی حیران تھے کہ بیٹھے بٹھائے یہ کیا افتاد آ پڑی۔ لیکن جب معاملے کی تہہ تک پہنچے تو دونوں خوب ہنسے۔ آدمی دونوں ہی وضعدار تھے۔ چنانچہ مہاراجہ نے حکم نکالا کہ آئندہ گلگت سے گورنری کو وزارت اور گورنر کو وزیر وزارت کے نام سے پکارا جائے۔ ۱۹۴۷ء کی جنگ آزادی تک گلگت میں یہی سرکاری اصطلاحات رائج تھیں۔

یہ حکم نامہ سن کر مہارانی نے ماں جی کو بلا کر خوشخبری سنائی کہ مہاراج نے گورنری کو دیس نکالا دے دیا۔

"اب تم دودھوں نہاؤ، پوتوں پھلو۔" مہارانی نے کہا۔ "ہمارے لیے بھی دعا کرنا۔

مہاراجہ اور مہارانی کے کوئی اولاد نہ تھی۔ اس لیے وہ اکثر ماں جی سے دعا کی فرمائش کرتے تھے۔

اولاد کے معاملے میں ماں جی کیا واقعی خوش نصیب تھیں؟ یہ ایک ایسا سوالیہ نشان ہے جس کا جواب آسانی سے نہیں سوجھتا۔ ماں جی خود ہی تو کہا کرتی تھیں کہ ان جیسی خوش نصیب ماں دُنیا میں کم ہی ہوتی ہے۔ لیکن اگر صبر وشکر، تسلیم ورضا کی عینک اتار کر دیکھا جائے تو اس خوش نصیبی کے پردے میں کتنے دُکھ۔ کتنے غم، کتنے صدمے نظر آتے ہیں۔

اللہ میاں نے ماں جی کو تین بیٹیاں اور تین بیٹے عطا کیے۔ دو بیٹیاں شادی کے کچھ عرصے بعد یکے بعد دیگرے فوت ہو گئیں۔ سب سے بڑا بیٹا۔ عین عالم شباب میں انگلستان جا کر گذر گیا۔

کہنے کو تو ماں جی نے کہہ دیا کہ اللہ کا مال تھا اللہ نے لے لیا۔ لیکن کیا وہ اکیلے میں چھپ چھپ کر خون کے آنسو رویا نہ کرتی ہوں گی؟

جب عبداللہ صاحب کا انتقال ہوا تو ان کی عمر باسٹھ سال اور ماں جی کی عمر پچپن سال تھی۔ سہ پہر کا وقت تھا۔ عبداللہ صاحب بان کی کھردری چارپائی پر حسب معمول گاؤ تکیہ لگا کر نیم دراز تھے۔ ماں جی پائنتی پر بیٹھی چاقو سے گنا چھیل چھیل کر ان کو دے رہی تھیں۔ وہ مزے مزے سے گنا چوس رہے تھے اور مذاق کر رہے تھے۔ پھر یکا یک وہ سنجیدہ ہو گئے اور کہنے لگے" بھاگوان شادی سے پہلے میلے میں میں نے تمہیں گیارہ پیسے دیے تھے۔ کیا ان کو واپس کرنے کا وقت نہیں آیا؟"

ماں جی نے نئی نویلی دلہنوں کی طرح سر جھکا لیا اور گنا چھیلنے میں مصروف ہو گئیں۔ ان کے سینے میں بیک وقت بہت سے خیال امڈ آئے" ابھی وقت کہاں آیا ہے۔ سرتاج شادی کے پہلے گیارہ پیسوں کی تو بڑی بات ہے۔ لیکن شادی کے بعد جس طرح تم نے میرے ساتھ نباہ کیا ہے۔ اس پر میں نے تمہارے پاؤں دھو کر پینے ہیں۔ اپنی کھال کی جوتیاں تمہیں پہنانی ہیں۔ ابھی وقت کہاں آیا ہے میرے سرتاج۔

لیکن قضا وقدر کے بہی کھاتے میں وقت آچکا تھا۔ جب ماں جی نے سر اٹھایا تو عبداللہ صاحب گنے کی قاش منہ میں لیے گاؤ تکیہ پر سو رہے تھے۔ ماں جی نے بہتیرا ہلایا، بلایا، چمکارا لیکن عبداللہ صاحب ایسی نیند سو گئے تھے جس سے بیداری قیامت سے پہلے ممکن ہی نہیں۔

ماں جی نے اپنے باقی ماندہ دو بیٹوں اور ایک بیٹی کو سینے سے لگا کر تلقین کی بچہ، رونا مت۔ تمہارے ابا جی جس آرام سے رہے تھے۔ اسی آرام سے چلے گئے اب رونا مت ان کی روح کو تکلیف پہنچے گی۔"

کہنے کو تو ماں جی نے کہہ دیا کہ اپنے ابا کی یاد میں نہ رونا ورنہ ان کو تکلیف پہنچے گی۔ لیکن کیا وہ خود چوری چھپے اس خاوند کی یاد میں نہ روئی ہوں گی جس نے باسٹھ سال کی عمر تک انہیں ایک الہڑ دلہن سمجھا اور جس نے "گورنری" کے علاوہ اور کوئی سوکن اس کے سر پر لا کر نہیں بٹھائی۔

جب وہ خود چل دیں تو اپنے بچوں کے لیے ایک سوالیہ نشان چھوڑ گئیں، جو قیامت تک انہیں عقیدت کے بیابان میں سرگرداں رکھے گا۔

اگر ماں جی کے نام پر خیرات کی جائے تو گیارہ پیسے سے زیادہ ہمت نہیں ہوتی۔ لیکن مسجد کا ملاں پریشان ہے کہ بجلی کا ریٹ بڑھ گیا ہے اور تیل کی قیمت گراں ہو گئی ہے۔

ماں جی کے نام پر فاتحہ دی جائے تو مکئی کی روٹی اور نمک مرچ کی چٹنی سامنے آتی ہے لیکن کھانے والا درویش کہتا ہے کہ فاتحہ درود میں پلاؤ اور زردے کا اہتمام لازم ہے۔

ماں جی کا نام آتا ہے تو بے اختیار رونے کو جی چاہتا ہے۔ لیکن اگر رویا جائے تو ڈر لگتا ہے کہ ان کی روح کو تکلیف نہ پہنچے اور اگر ضبط کیا جائے تو خدا کی قسم ضبط نہیں ہوتا۔

OOO

محمد احسن فاروقی

# بہت دیر ہوگئی

رقیہ پارٹی سے واپس آکر جلدی جلدی کپڑے بدل کر مسہری پر پڑ گئی۔ وہ رونا چاہتی تھی مگر آنکھوں میں آنسو نہیں آرہے تھے۔ پارٹی کا سماں ایک گڑبڑ خواب کی طرح اس کے سامنے آرہا تھا۔ ہاں سعید، سعید کو دیکھنے، سعید سے ملنے کے لیے ہی وہ ایسے کپڑے پہن کر گئی تھی جو آٹھ برس پہلے اس نے پسند کیے تھے۔ آٹھ سال پہلے ایسی ہی ایک پارٹی میں سعید نے سب سے الگ ہو کر اس سے کہا تھا۔ تمہارے کپڑے یہاں سب سے اچھے لگ رہے ہیں۔ تم سب سے زیادہ سج رہی ہو۔ اس نے کہا تھا "بہت شکریہ۔" ہلکے سرخ رنگ کے پھولوں والی قمیض، سفید شلوار، کان میں یاقوت کے بندے، پیر میں سرخ چپل، چہرہ پر گلابی پوڈر اور ہونٹوں پر سرخ لپ اسٹک یونہی وہ آج بھی سج کر گئی تھی۔ مگر آٹھ برس میں سعید کیسا بدل گیا تھا۔ سب کے سامنے کہنے لگا، "ارے رقیہ۔ تم کس قدر بدل گئیں۔ کیا ہوا گالوں میں گڑھے کیسے پڑ گئے اور چہرہ پر یہ نشان کیسے جو پوڈر سے بھی نہیں چھپتے۔" وہ یہ کیا کہہ رہا تھا۔ معلوم ہوا کہ اس نے تمام جذبات پر پانی، ٹھنڈا برف کا پانی ڈال دیا۔ آٹھ برس سے وہ اس کے خیال میں محو تھی۔ وہ تعلیم حاصل کرنے انگلینڈ اور پھر امریکہ گیا تھا۔ دل کہا کرتا کہ واپس آکر وہ اسی کو پسند کرے گا۔ نسیمہ کو وہ جو بھی خط لکھتا اس میں رقیہ کو ضرور پوچھتا شاید وہ بھی اسے اتنا ہی چاہنے لگا تھا۔ کیا سچ مچ پوچھا کرتا تھا یا نسیمہ محض مروت میں کہہ دیتی تھی۔ "بھیا کا خط آیا ہے تم کو پوچھا ہے۔" آخر وہ براہ راست بھی اسے خط لکھ سکتا تھا۔ مگر کبھی کوئی پرزہ بھی نہیں لکھا اور اب آکر تو اس نے اسے اجنبی کی طرح پہچانتے ہوئے گالوں میں گڑھے، چہرہ پر نشان ہی دکھائی دیے۔ وہ بھی کچھ زیادہ نکھرا اور بڑا نظر آیا تمیں سے اوپر نکل گیا ہے۔ رقیہ کو پہلے سے زیادہ اچھا لگا...... مگر اچھا لگنے سے کیا ہوتا ہے۔ وہ تو اسے اچھی نہیں لگی۔ وہ ریحانہ، پروین، رعنا سب سے کھلکھلا کھلکھلا کر ہنستا رہا۔ رقیہ کی طرف جب بھی رخ کیا تو خاموش ہو گیا اور پھر سب کے سامنے اس کے چہرہ پر تنقید کرنے لگا۔

اس نے اپنا رخ کپڑوں کی الماری کی طرف کیا، جس میں قدآدم شیشہ لگا تھا۔ اس کے چہرے پر جو چھائیاں پڑ گئی تھیں صاف دکھائی دیں۔ یہ کم بخت کسی طرح نہیں جاتیں کیسی کیسی دوائیں کیسی کیسی کریمیں لگائیں اور یہ گڑھے شمیم تو انہی کی تعریف کرتا تھا۔ "ہائے نزاکت" کہہ کر تڑپ جاتا تھا۔ مگر وہ اسے بالکل نہ بھایا۔ اس کے دل میں سعید گھسا ہوا تھا۔ یہ سعید جو ایک دفعہ آگ لگا کر بالکل الگ ہو گیا معلوم ہوتا ہے کہ جیسے اس نے کبھی کہیں دور سے اسے دیکھا تھا۔ اب اک دم سے دیکھ کر یاد کیا۔ انگلینڈ اور امریکہ میں نہ معلوم کتنی لڑکیوں سے ملا ہوگا۔ وہاں کی لڑکیاں تو خود مردوں کا پیچھا کرتی ہیں اور پاکستانی انہیں خاص طور پر بھاتے ہیں۔ اور اب یہاں کوئی انہی کی طرح کی ڈھونڈ لے گا۔ اتنا کوالیفائیڈ ہو کر آیا ہے اونچی جگہ ملے گی اور نہ جانے کتنے رئیسوں کی لڑکیاں اس کے پیچھے دوڑیں گی۔ پارٹی سے جاتے وقت بھی کئی اس کے ساتھ موٹر میں گئیں۔ رقیہ کو کوئی اشارہ بھی نہیں کیا۔ شمیم کس قدر للو تھا مگر رقیہ نے اسے لفٹ ہی نہیں دی۔ آخر کو اس نے شکیلہ سے شادی کر لی۔ رقیہ نے کہا تھا۔ "پیچھا چھوٹا دو برس تک اس نے ہلکان کیا۔ اس سعید سے کتنا اچھا تھا۔

پھر کلیم سے ملاقات ہوئی۔ بڑا مالدار۔ اس نے رقیہ کے پیچھے کئی ہزار خرچ کر دیے ہوں گے۔ پرزنٹ، سینما، ہر تفریح میں ساتھ، مگر رقیہ نے اس کی طرف بھی رخ نہیں کیا۔

آٹھ برس بڑا لمبا وقت ہوتا ہے۔ وہ انٹر میں تھی سعید بھی اس کے ساتھ تھا۔ بی ایس سی میں ساتھ رہا۔ اور اس کے بعد انگلینڈ چلا گیا آٹھ برس، دو برس ایم اے کے، ایک پی ٹی کا اور پانچ برس کی ملازمت، تین برس پہلے تک ہر طرف سے پیغام آتے رہے ابا، اماں، بھائی سب نے رشتہ لگانا چاہا اور آخر میں روحانہ کے والد۔ اس کمبخت اطہر نے کہا تھا "یہ ایسی نارنگی ہے جو پیڑ پر لگے لگے سوکھ گئی۔" کیا وہ سچ تھا۔ "اب کوئی جوان تو پھنستا نہیں کوئی دوجا جو کر لے تو کر لے۔" قمر کی اماں نے کہا تھا۔

"عورت جیسی اور کیسی اور تو اب تیس کو ہونے کو آئی، اب شادی ہو چکی۔"

"ادھر لڑکی نے نوکری کی اور اُدھر شادی کے دروازے اس کے لیے بند ہو گئے۔"

"ارے نوکری سے عورت سوکھنے لگتی ہے اور اگر موٹی ہو تو ڈھل جاتی ہے۔"

"لڑکیاں بی اے میں آتی ہیں تو بچوں کی طرح کھلی ہوئی اور بی اے کرتے کرتے مرجھانے لگتی ہیں اور ایم اے کے بعد تو بالکل کھپٹا ہو جاتی ہیں۔ چہرہ پر خون بھی نہیں رہ جاتا۔"

"جوبن تیرے ڈھل گئے اک آن خالی رہ گئی، سرمایہ تیرا ایک گیا دکان خالی رہ گئی۔" بڑا پست شعر مگر قاسم بات بات میں یہ سنا دیتا تھا۔"

"تم سمجھتی ہو کہ جو وقت جا رہا ہے وہ وہ تمہاری لڑکی کی قیمت بڑھ رہی۔" خالہ جان نے اماں سے کہا۔

"اے بہن کیا کروں کوئی جڑتا ہی نہیں۔"

"آج کل کے زمانے میں گھر بیٹھے کوئی نہیں آتا۔ لڑکی اِدھر اُدھر لے جاؤ۔ فیشن کرنے دو۔ اور لڑکیوں کے ساتھ پھرنے دو۔ کوئی نہ کوئی پسند کرلے گا۔ آخر نسیم کی اسی طرح شادی ہوئی۔ یہ پڑھانے جانا، چلے آنا کافی نہیں ہے۔" خالہ نے مشورہ دیا تھا۔

مگر اس وقت بھی کافی دیر ہو گئی تھی۔ اس کے دل میں سعید کیا بیٹھا تھا۔ نہ لینا ایک نہ دینا دو۔ یہ دل میں کون کہتا تھا۔ "آئے گا آنے والا آئے گا آنے والا" وہ آنے والا آ گیا۔ مگر کس تیور سے آیا۔ "تمہارے چہرہ پر دھبے، تم بدل گئیں۔" دل کو کاٹ کر رکھ دیا۔ اب اگر رخ کرے تو ٹھوکر مار دے۔ مگر اب اس کے رخ کرنے کی کوئی امید نہ تھی۔ آٹھ برس سے پلتی ہوئی امید سے اس کی عادت پڑ گئی تھی۔ ایک اسٹروک میں ختم ہو گئی۔ اب اس کے دل سے ایک آہ نکلی اور آنکھوں سے آنسو ٹپکنے لگے۔

ہائی اسکول کے سرٹیفکیٹ کے حساب سے بھی وہ اب تیس کی تھی حالانکہ وہ اپنے کو ۲۲ سے ۲۴ تک کا بتاتی تھی سب کہتے رہنے کے باوجود اسے یہ احساس نہ تھا کہ اس کا حسن ڈھل گیا ہے آج سعید نے اس کے آنکھوں کے سامنے کے سب پردے اک دم ہٹا دیے تھے۔ وہ بلک بلک کر رونے لگی۔ تکیہ گیلا ہو گیا۔ اس نے والدہ سے کہہ دیا تھا آج کھانا نہیں کھاؤں گی پارٹی میں بہت کھا لیا ہے۔ اب اسے رات بھر روتے رہنے یا روتے روتے سو جانے کے سوا اور کچھ کام نہیں تھا۔

گھنٹے بھر سے زیادہ رونے دھونے اور کروٹیں بدلنے کے بعد کچھ طبیعت ہلکی ہوئی اور اب اسے اس کی شاگردہ رومانہ کے والد نعیم صاحب سی ایس پی ریٹائرڈ یاد آئے۔ وہ اپنی لڑکی کو روز کالج پہنچانے اور لے جانے موٹر پر آتے تھے۔

"ڈیڈی یہ ہماری مس ہیں پروفیسر رقیہ۔"

"آپ کہاں رہتی ہیں آیئے آپ کو آپ کے گھر اتار دوں گا۔"

اور پھر وہ روز ہی اسے اس کے گھر سے لیتے اور گھر پہنچا دیتے۔ کیسی آنکھیں گڑو گڑو کر وہ رقیہ کو دیکھتے تھے۔ معلوم ہوتا تھا کہ نظر جسم کے آر پار ہو جائے گی۔

"مس آپ ہمارے گھر ہوتی چلیں۔" رومانہ نے کہا تھا۔

اور اس کا گھر کیسا بڑا، کیسا عمدہ، لان، گھاس، پھولوں کی کیاریاں، ایک طرف نیم کا درخت، دو ہزار گز کا پلاٹ، چار بڑے بڑے مضے دو منزلے دو ہزار کا کرایہ اور آٹھ سو پنشن جس حصے میں رہتے تھے، دو بڑے بڑے بیڈروم، ایک ہال، بڑا اسپیٹ صوفے کا اور کھانے کی میز جائے پر کیا کیا سامان تھا۔

"رومانہ کی شادی میرے بھائی کے لڑکے سے ٹھہری ہے۔ وہ جلدی کر رہے ہیں۔ میں کہتا ہوں بی اے پاس کرلے تو شادی ہو۔ اس کی ماں کو مرے ہوئے چار برس ہو گئے۔ اس کی شادی ہو گئی تو میں اکیلا رہ جاؤں گا۔ میرے تین لڑکے ملازم ہیں۔ سب کی شادیاں ہو گئیں۔ دو لڑکیاں بھی بیاہ گئیں۔ اب یہ رہ گئی ہے۔"

"سب بھائی ڈیڈی سے کہتے ہیں کہ آپ ایک اور شادی کر لیجئے۔ ابھی آپ ساٹھ کے نہیں ہے" رومانہ نے کہا تھا۔

نعیم صاحب کچھ نہیں بولے۔ بڑی حسرت سے رقیہ کو دیکھتے رہے تھے۔ اب تو روز ہی وہ رقیہ کو اپنے گھر لے آتے۔

'' آپ رومانہ کو گھر پر پڑھا دیا کیجئے۔ آپ جو ٹیوشن فیس کہیں گی میں دوں گا۔ موٹر پر گھر سے لے آیا کروں گا۔ موٹر پر پہنچا آیا کروں گا۔''

'' وقت کہاں ہے'' رقیہ نے کہا تھا۔

آپ کالج سے یہاں آتی ہیں، چائے پی کر تھوڑی دیر آرام کریں، ہمارے یہاں مہمانوں کے لیے ایک بیڈ روم خالی ہے اس میں آپ آرام کریں اور پھر لان پر سے دھوپ چلی جانے کے بعد میں لان پر بیٹھ کر آپ سے پڑھوں گی اگر دیر ہو جائے تو رات کا کھانا بھی ہمارے ساتھ کھالیا کیجئے گا۔ آخر ڈیڈی گاڑی پر آپ کو پہنچا ہی آیا کریں گے۔''

نعیم صاحب رومانہ کو لیے ہوئے اس کے گھر بھی آئے تھے اور اس کے والد سے اجازت لے لی تھی۔ پہلے مہینہ کے دو سو روپیہ والد کے ہاتھ میں رکھ دیے تھے۔'' آپ اتنے باوقار اور ذمہ دار آدمی ہیں اگر رقیہ آپ کے یہاں رہ بھی جائے تو ہم کو کوئی اعتراض نہ ہوگا'' والد نے کہا تھا۔

اور پڑھانا تو نام کا تھا، نعیم صاحب سیر کراتے تھے، ریستورانوں میں لے جاتے تھے۔ کھانے کے بعد گھر چھوڑ جاتے تھے۔ کتنا خلوص، کتنی محبت، کتنا آرام

'' ہاں یہ بڈھے لوگ بہت چاہتے ہیں، اچھا ہے شادی کر لے۔ ابھی دس بیس برس تو چل جائے گا'' خالہ جان نے کہا تھا۔

اور رومانہ کی شادی ہوئی نعیم صاحب کے سب لڑکے لڑکیاں، بہوئیں، داماد آئے گھر بھر گیا۔ کرایہ والے حصوں میں بھی کرے مانگ لیے گئے، نعیم صاحب نے سب کے سامنے کھانے کی میز پر کہا'' یہ پروفیسر رقیہ، رومانہ کی خاص استانی ہیں۔ شادی کی سب باتوں میں ان کی رائے اہم رہے گی۔''

رومانہ کے بیاہ جانے کے بعد بھی نعیم صاحب موٹر لے کر آتے رقیہ کو کالج پہنچاتے اور پھر واپس بھی لے آتے۔ دو سال میں وہ ان سے بے باک ہو گئی تھی۔ وہ اس سے'' تم'' سے بات کرنے لگے تھے۔ اسے عمدہ پارکر کا فاؤنٹین پین اور اومیگا گھڑی لے دی تھی۔

پھر ایک دن خط اس کے ہاتھ میں دیا اور بوکھلاہٹ میں موٹر چلا کر غائب ہو گئے تھے۔

'' رقیہ تم نے میری زندگی کے ۳۵ برس کم کر دیے جب میں نے تمہیں پہلے دن دیکھا تھا تو مجھے محسوس ہوا کہ جب میں بیس برس کا تھا تو میرے سامنے ایک لڑکی آئی تھی وہی اب پھر آگئی۔ میری اس سے شادی نہیں ہو سکی تھی۔ اور وہ مر گئی تھی۔ گھر والوں نے رومانہ کی ماں سے شادی کر دی تھی مگر میں تمام زندگی اسی شکل کو تلاش کرتا رہا، جو تمہاری ایسی تھی۔ اب تم مل گئی ہو...... آگے کچھ نہیں کہتا۔ تم خود سمجھ لو۔''

وہ بڑے شرمیلے آدمی تھے۔ یہ خط دینے کے بعد کئی دن وہ غائب رہے۔ پھر رقیہ کو کالج لینے پہنچے۔ وہ ان کی موٹر پر بیٹھ تو گئی مگر سخت نگاہ سے انہیں دیکھتی رہی انہوں نے اپنا ورد جاری رکھا مگر کھل کر کبھی بات نہیں کی۔ رقیہ نے ان کے گھر جانے یا ان کے ساتھ سیر کرنے سے انکار کیا۔

انہوں نے رقیہ کے والد سے سب حال بیان کر کے کہا'' آپ کی اجازت ہو تو میں رقیہ سے شادی کا پروپوزل کروں۔''

والد نے اجازت دی۔ اماں نے بھی کہا۔'' کیا برا ہے اتنا مالدار ہے۔ اسکول میں روز کی گھس گھس سے تو اچھا ہے اور پھر ایک لاکھ کی جائیداد مہر میں رکھنے کو بھی کہا ہے۔ میں تو کر دوں گی۔ وہ تم سے کہے گا تم انکار نہ کرنا۔''

اب رقیہ بے قرار ہو کر اٹھ بیٹھی اور چیخ کر رونے لگی۔ ہائے وہ اس سے کیوں تن گئی تھی۔ اس سعید کے مارے یہ کیسا اس کے دل میں بیٹھ گیا تھا۔

پھر روتے روتے سو گئی اور نہ معلوم کیسے کیسے خواب دیکھتی رہی۔ بار بار آنکھ کھل جاتی اور وہ کہتی'' ایسا محبت دار آدمی۔ اُف۔ اُف۔ امی سے کیسے کہا گیا تھا کہ اب سے آپ میرے گھر نہ آیئے گا۔'' اور پھر نعیم صاحب اس کے گھر نہ آئے تھے۔ کئی مہینے ہوئے تھے۔ ایک، دو، تین، چار، پانچ، چھ، سات مہینے سے وہ نہیں آئے تھے۔ اٹھتے ہوئے اس نے طے کیا کہ وہ خود نعیم صاحب

سے یہاں جائے گی۔

وہ کالج کے وقت سے ایک گھنٹہ پیشتر گھر روانہ ہوئی۔ رکشہ پر بیٹھ کر نعیم صاحب کے گھر کی طرف چلی۔ گھر جوں جوں قریب آتا گیا وہ وہ اس کا دل دبدبا تا گیا۔ رکشہ گھر سے آگے نکل گئی اور وہ رکوانا بھول گئی۔ پھر اس نے رکشہ والے سے کہا" واپس لے چلو" مگر گھر کے پاس پہنچ کر قریب کی گلی میں مڑوائی کافی دور جا کر پھر کہا" واپس لے چلو۔" کئی دفعہ ایسا کرنے کے بعد رکشہ والا بولا" کہاں تک چکر کھلایئے گا؟" اس نے جواب دیا،"تم کو اپنے کرائے سے مطلب ہے کہ چکر سے۔ میں دن بھر چکر لگواؤں گی۔ تمہارے میٹر سے جو کرایہ بنے لے لینا۔" رکشہ والا خاموش ہو گیا اور چکر لگا تا رہا۔

پانچویں چکر میں نعیم صاحب کے گھر سے چار گھر آگے ایک گھر سے ایک لڑکی نکلتی دکھائی دی۔ جس نے اس کو سلام کیا۔ اس نے رکشا والے سے کہا" یہاں روک دو۔" لڑکی اس کے پاس آگئی۔ اس نے کرایہ دیا اور لڑکی کی طرف رخ کر لیا۔

"کیا مس آپ کوئی مکان ڈھونڈ رہی ہیں؟"

"تم میری شاگرد رہی ہو مجھے یاد آیا۔ کب پڑھتی تھیں۔ کیا نام ہے تمہارا یہ یاد نہیں رہا۔"

"میں رومانہ کے ساتھ پڑھتی تھی۔ اس کی شادی میں بھی شریک تھی۔ پھر یونیورسٹی میں گئی۔ اب ایم اے فائنل میں ہوں۔ رومانہ کے والد نعیم صاحب مجھے یونیورسٹی پہنچا دیتے ہیں۔ آج دیر ہوگئی۔ قریب ہی تو گھر ہے دیکھنے جا رہی ہوں کہ کیا ہو گیا۔ میرا نام فہمیدہ ہے۔ آپ کو یاد نہیں۔"

"اچھا تم جاؤ۔ مجھے ادھر جانا ہے۔"

"آپ نے رکشا تو چھوڑ دی۔ ساتھ چلیے نعیم صاحب کے موٹر میں بیٹھ کر چلی جائے گا۔ آپ کے کالج کا وقت قریب ہے۔ کیا آج کالج نہیں جایئے گا۔"

رقیہ ہچکچائی مگر اس کے دل کو اس لڑکی کی وجہ سے ڈھارس ہوئی اور اس کے منہ سے نکل گیا" اچھا چلو۔"

دونوں دس قدم ہی گئی ہوں گی کہ نعیم صاحب موٹر پر آتے دکھائی دیے۔ موٹر روک کر بولے" ارے آج دیر ہو گئی۔ اچھا چلو۔" اب انہوں نے رقیہ کو بھی دیکھا اور بولے" آپ ادھر کہاں آگئیں، آپ بھی بیٹھ جایئے کالج اتار دوں گا آپ کے۔"

فہمیدہ نعیم صاحب کے پاس بیٹھی اور رقیہ پیچھے بیٹھی۔ اسے اس کے کالج پر اتار کر نعیم صاحب چلے گئے۔

جھوٹا، مکار کہتا تھا کہ تمہاری ایسی صورت کی تلاش میں میں تیس پچیس برس سے تھا اور اب مجھے دیکھا بھی نہیں۔ سات مہینے کے اندر ہی اس صورت کو جس کو اتنے برسوں سے تلاش تھی بھول گیا۔ یہ جوان بھرے بھرے جسم کی تھرکتی ہوئی فہمیدہ کو دیکھ کر لٹو ہے ساٹھ برس کا مرد اپنی لڑکی کی برابر۔ سب سے چھوٹی لڑکی کے برابر کی لڑکی سے اٹک رہا ہے۔ اور لڑکی بھی پھسلی جا رہی ہے۔ ہاں ایک لاکھ کا مہر، موٹر، کوٹھی کون دے گا۔ رقیہ کو خریدنے چلا تھا۔ وہ نہیں بکی تو اب اس سے زیادہ جوان خرید رہا ہے۔ اچھا ہوا تھا کہ رقیہ نے اس سے انکار کر دیا تھا۔ اب کبھی اس کی طرف رخ نہ کرے گی......

اس سے درجے بھی نہ پڑھائے گئے۔ ہر درجہ کو ٹال ٹال دیا۔ ٹیچرز روم میں آکر سب سے الگ بیٹھی۔ ایک کتاب کھول کر سامنے رکھی اور سر اس پر جھکایا اور سوچتی رہی۔

"اے آج کیا ہے رقیہ چپ چپ گم صم ہو؟" کئی ساتھنوں نے پوچھا۔

"میرے سر میں درد ہے۔ شاید بخار آنے والا ہے۔" اس نے سب کو ٹال ٹال دیا۔

چھٹی کے وقت جب وہ کالج سے باہر آئی تو دیکھا نعیم صاحب موٹر لیے کھڑے ہیں۔ وہ موٹر کی طرف پیٹھ پھیر کر آگے بڑھ رہی تھی تو وہ لپکتے ہوئے پاس آئے اور بولے" رقیہ میں تمہیں گھر پہنچانے آیا ہوں چلو میرے ساتھ موٹر ہیں۔"

وہ ہچکچائی مگر ساتھ ہو لی۔

موٹر بڑھاتے ہوئے نعیم صاحب بولے۔" آج کیا تھا جو تمہیں یاد ہماری آئی؟"

رقیہ خاموش رہی۔

''آج تم میرے پاس آئیں تھیں مگر میرے گھر میں آنے کی ہمت نہ پڑی۔ میں نے دیکھا کہ کئی بار تمہاری رکشہ میرے گھر کے سامنے سے گزری میں نے تیس برس مجسٹریٹی کی ہے۔ ہزاروں قسم کے لوگ دیکھے ہیں۔ میں انتظار کرتا رہا کہ تم شاید اتر کر آؤ۔ اسی میں فہمیدہ کے پاس پہنچنے میں دیر ہوگئی۔ اب تمہیں کیا کہنا ہے بتاؤ۔''

''آپ نے یہ سب فرض کرلیا ہے۔ سب غلط۔ سات مہینے ہوئے ہیں آپ سے پر جھاڑ کر الگ ہوگئی تھی۔ مجھے آپ سے ملنے کا کوئی شوق نہیں آپ ہی میرے پیچھے دوڑے آئے۔''

''خیر یہ سب جانے دو۔ تم کو دیکھ کر مجھے محسوس ہوا تھا کہ وہ صورت جو میرے ذہن میں تیس برس سے تھی سامنے آگئی جب تم سے بار بار ملا تو یہ بھی محسوس ہوتا رہا کہ تم اس کے مقابلہ میں بالکل بے جان اور بے حس ہو۔ وہ کھلی ہوئی تھی تم مرجھائی ہوئی۔ صورت تو ضرور ہے اسی کی سی مگر اس کا بھوت اور پھر جب تم نے انکار کردیا تو میرا دھیان اس سے مشابہت سے زیادہ تمہارے سوکھے پن تمہاری بے حسی پر جانے لگا۔ فہمیدہ کے ماں باپ نہیں ہیں چچا کے یہاں پل رہی ہے۔ رومانہ کی شادی کے بعد سے برابر میری دلجوئی میں لگی ہے۔ اس کے چچا چچی اور چچازاد بھائی بہن اس سے پیچھا چھڑانا چاہتے ہیں۔ وہ ایم اے پریویس کرچکی تھی۔ میں بھی کہتا ہوں ایم اے کرلے دو مہینے اور ہیں۔ کسی دن بھی ہم دونوں نکاح کرلیں گے۔

''جب یہ سب ہے تو پھر آپ کیوں میرے پیچھے لگنے کو آتے...... اور اور میرے گھر کی سڑک تو پیچھے رہ گئی یہ آپ مجھے کہاں لے جارہے ہیں۔''

''ابھی میری بات ختم نہیں ہوئی۔ اگر تم کہو تو اپنے گھر چلوں اور بات پوری کرلوں۔''

''نہیں نہیں آپ مجھے یہیں اتار دیجئے میں گھر چلی جاؤں گی اور اب کبھی میری طرف رخ نہ کیجئے گا۔ فہمیدہ میں مگن رہیے۔''

''خیر میں تمہیں تمہارے گھر پہنچائے دیتا ہوں۔ بات صرف یہ کہنا ہے کہ میں نے تمہارے رخ میں صاف تبدیلی دیکھی۔ اور مجھے پھر وہی صورت یاد آگئی۔ جس کا تم ہلکا سا چربہ ہو۔ فہمیدہ کو اتار کر میں گھر جاتا مگر لاشعوری طور پر تمہارے کالج پہنچ گیا۔ آگے کچھ نہیں۔ اب بہت دیر ہوگئی۔ یو ہیو کم ٹو لیٹ۔ ٹو لیٹ ٹو لیٹ۔''

نعیم صاحب نے اسے اس کے گھر پر اتارتے وقت کہا۔ ''بہت دیر ہوگئی'' اور موٹر لیے ہوئے چلے گئے۔

رقیہ گھر میں داخل ہوئی تو کچھ غصہ کے عالم میں تھی۔ اپنے کمرے میں جا کر کپڑے اتارے لپنت ہوکر والدہ اور والد کے ساتھ چائے پینے آئی۔ بات بات میں وہ نمایاں طور پر گم ہو جاتی۔ ماں نے ماتھے پر ہاتھ رکھ کر دیکھا۔ نبض دیکھی اور کہا'' کوئی ایسی بات نہیں ہے۔ آج شاید کام بہت تھا تھک گئی۔''

''جی ہاں تھک گئی ہوں اب جا کر لیٹوں گی''۔

بہت دیر ہوگئی، بہت دیر ہوگئی۔ آخر وہ کس خواب خرگوش میں تھی؟ نسیمہ نے دھوکے میں رکھا۔ نہیں وہ خود دھوکے میں تھی۔ سعید نے بس ایک دفعہ الگ لے جا کر کہا تھا۔ ''تم آج بہت جچ رہی ہو''۔ آج۔ آج اور وہ اس آج کو دوام سمجھ گئی۔ آٹھ برس تک انتظار۔ خواہ مخواہ کا انتظار وہ آیا تو یہ کہتا ہوا'' ارے تمہارے چہرہ پر یہ داغ کیسے ہیں۔'' جیسے وہ کوئی جانور تھی۔ جس کو خریدنے سے انکار کرتے ہوئے وہ کہہ رہا تھا۔ کیا وہ نسیمہ کے پاس جائے۔ اور اس سے پوچھے؟ کیا پوچھے؟ وہ اور بھی ہنسے گی۔ شاید یہ تاڑ کر کہ رقیہ اس کے بھائی کو چاہتی تھی۔ اسے بناتی رہی۔ پیٹھ پیچھے کہتی ہوگی۔ ان کے دماغ میں ہوائی جہاز چھوتے ہوئے ہیں میرے بھائی سعید پر ریجھی ہیں کبھی اس نے کوئی بات کرلی ہوگی یہ سمجھ گئیں کہ مر رہا ہے۔'' ذرا اپنی اوقات میں رہیں، ذرا اپنا منہ آئینہ میں دیکھیں۔ اور اب تو سوکھ کر اچھوار ہوگئی ہیں۔ کوئی پوچھتا ہی نہیں۔ یہی کہتی ہوگی سب سے اور بھائی کے آنے پر رقیہ کو بلا یا پارٹی میں کہ وہ اپنے خوابوں کی تعبیر دیکھ لے۔ اچھا اس نے یہ ترک کیا اور اس کا میاں ضمیر اسے کہتا سنا گیا۔'' بالکل معمولی بلکہ معمولی سے بھی گری ہوئی اور جناب اس کے آٹھ بجے ہوگئے۔'' کیا کہنے گی۔ تم نے نعیم صاحب سے انکار کردیا۔ غضب کیا۔ اب تمہیں کون پوچھے گا۔ اچھا تھا کہ ماں باپ نے ہائی اسکول کے بعد ہی میری شادی کردی تھی۔ میں نے چار بچے ہونے کے بعد انٹر جوائن کیا۔

تمہارے ساتھ جب ایم اے میں آئی۔ تو چھ بچے ہو چکے تھے۔ اب بوڑھی ہوگئی۔ میرے ساتھ کہ نہ معلوم کتنی بیٹھی ہیں" بہت دیر ہو جائے تو کوئی پوچھتا نہیں۔" " " ہاں نعیم صاحب کے سامنے آنے پر بھی بہت دیر ہو چکی تھی۔ وہ قسمت سے ملے تھے۔ آخر ان میں کیا کمی تھی؟ جائیداد، موٹر، ملازم ہر قسم کا آرام، ایسے لوگ جن کو مل جائیں ان کو قسمت والی کہتے ہیں۔ ہاں صرف سن آ گیا ہے۔ ساٹھ کے قریب۔ مگر اس سے کیا ہوتا ہے۔ تاجور کی شادی ساٹھ برس والے سے ہوئی اور وہ اب تک زندہ ہے۔ اب تو دنوں ہم سن معلوم ہوتے ہیں۔ جمیلہ کا میاں اس سے سال بھر چھوٹا تھا۔ مگر دو سال ہی میں مر گیا۔ اب بیوہ بیٹھی ہے ایک لڑکا لیے ہوئے۔ محض وہم ہے سن کے فرق سے کچھ نہیں ہوتا۔ ہاں حیثیت، مال، آرام سب کچھ ہے، فہمیدہ اس سے دس برس چھوٹی ضرور ہوگی۔ مگر اسے نعیم صاحب سے کوئی انکار نہیں۔ اسے تو کوئی برابر کا مل سکتا ہے اگر ذرا انتظار کر لے۔ مگر کیوں انتظار کرے۔ خطرہ مول لے۔ پھر محسوس ہو بڑی دیر ہوگئی۔ مگر اب وہ کیا کرے نعیم صاحب بھی ہاتھ سے نکل گئے، صاف صاف کہہ گئے۔ ٹولیٹ ہٹولیٹ یہی کہے گی کہ مجھے گھریلو زندگی اچھی نہیں لگتی۔ لومڑی کو انگور نہیں ملے تو کھٹے ہیں۔ ہٹو کہنے لگے گی۔ آخر اس کے بابت بات کرنا ہی کیا فرض ہے۔ شادی کی بات ہی نہ کرو۔ کوئی بات کرے تو ٹال دو۔ جب پڑھتی تھی تو اس نے افسانے لکھے تھے۔ اب پھر لکھنے لگے۔ دل بہل جائے گا۔ ہاں کئی ایک ناول لکھے۔ فرزانہ نے اب تک دس ناولیں لکھ ڈالیں۔ وہ بھی یہی کرے۔ پڑھانے میں جی نہیں لگتا۔ ناولوں سے بڑی آمدنی ہوگی۔ موٹر، بنگلہ، سب ہی ہو جائے گا۔ نعیم کے پاس کیا ہے یہی تو ہے اور جب مشہور ہو جائے گی تو بہت سے لڑکے آیا کریں گے۔ کتاب پر تصویر دیکھ کر نہ معلوم کتنے لوگ خط لکھیں گے۔ تصویر میں یہ چہرہ کے داغ میں نہیں آئیں گے۔ اور اس رخ سے بیٹھ کر تصویر کھنچوائے گی کہ یہ گڑھے نظر نہ آئیں۔ اور ہاں مس خاتون نے اپنے بابت لکھا۔ میں نے پہلا ناول چودہ برس کے سن پر لکھا۔ ایم اے کے بعد لکھا۔ یعنی تیرہ برس کی تھیں۔ جب ایم اے پاس کیا۔ خوب چھ برس کے سن میں ہائی اسکول کیا۔ یہ نہ کہو کہ ہائی اسکول کا سرٹیفکیٹ منہ میں تھا جب پیدا ہوئیں مگر یہ سب حساب کون لگاتا ہے۔ وہ بھی مشہور کرا دے گی کہ بیس برس کی ہے جوان جوان لڑکے ٹوٹ ٹوٹ کر گریں گے۔ کوئی نہ کوئی پرپوز ضرور کرے گا۔ چھوٹے سے شادی کر لی۔ لونڈا پھانس لیا۔ کیا ہے؟ شاہدہ نے نہیں کر لیا ہے۔ لوگ تو ہر چیز پر اعتراض کرنے کھڑے ہو جاتے ہیں۔ ہاں مرد کو جب شوق چراتا ہے تو کچھ بھی نہیں دیکھتا۔ بیل کی طرح منہ اٹھائے ہوئے دوڑنے لگتا ہے۔ کوئی دوڑتا آئے گا۔ ضرور آئے گا۔ اب کے جو آئے گا اسے نہ جانے دے گی۔ ضرور پھانس لے گی۔ مگر آئے گا بھی۔ ان جوانوں کا ٹھیک نہیں۔ دوڑتے ہیں اور پھر بھاگ لیتے ہیں۔ دیر ہوگئی، کیا سچ مچ دیر ہوگئی؟؟؟؟.......

OOO

ممتاز مفتی

# گرو، بالکا، راستہ

میں قدم قدم چل رہا ہوں، چلے جا رہا ہوں۔ کارواں کے پیچھے پیچھے قدم قدم۔

میرے گرو نے کہا تھا۔ یہی ایک راستہ ہے۔ واحد راستہ جو ہمیں منزل پر لے جائے گا۔

کون سا راستہ؟ میں نے پوچھا۔

جس پر ہم گامزن ہونے والے ہیں۔ اس نے جواب دیا تھا۔ دیکھو وہ بولا، اسی راستے پر چلتے رہنا، رکنا نہیں۔ انحراف نہ کرنا۔

میں اسی راستے پر چل رہا ہوں۔ کارواں کے پیچھے پیچھے قدم قدم۔ دل میں امید کی لو لگائے۔

راستے کے کانٹوں سے میرے پاؤں لہولہان ہو رہے ہیں۔ میری ٹانگیں دلدل میں پھنس پھنس جاتی ہیں۔ یہ دلدل مجھے چلنے نہیں دیتی۔ قدم قدم پر پاؤں پکڑ لیتی ہے۔ روکتی ہے۔ مت جاؤ۔ مت جاؤ۔ دیکھو تو یہ کیسا راستہ ہے۔ اوں ہوں راستے ایسے نہیں ہوتے۔

چاروں طرف دھول اُڑ رہی ہے۔ میرا سر، منہ، بال دھول سے اٹ گئے ہیں۔ میری آنکھیں دھول کی کنکریوں سے بھر گئی ہیں۔ آنکھوں میں سرخ ذرے ابھر آئے ہیں۔ گرد و پیش سرخ ہو رہا ہے۔ نہیں، یہ میرا کارواں نہیں ہو سکتا۔ میرے کارواں کا رنگ سرخ نہیں، سبز ہے، جو آنکھوں کو ٹھنڈک پہنچاتا ہے۔ یہ سرخ رنگ تو خون کا رنگ ہے۔ تشدد کا رنگ ہے۔

نہیں، نہیں، مت جاؤ۔ میرے دل سے آواز اٹھتی ہے۔ یہ وہ راستہ کیسے ہو سکتا ہے۔ یہ تو راستہ ہی نہیں ہے۔ یہ تمہیں کہیں نہیں لے جائے گا۔ احمق! راستے ایسے نہیں ہوتے۔ وہ تو سیدھے راستے ہوتے ہیں۔ ان میں داؤ پیچ نہیں ہوتے۔ گھنگھریاں نہیں ہوتیں۔ راستے تو خشک ہوتے ہیں، دلدل نہیں ہوتے۔ صاف ہوتے ہیں۔ کانٹے بچھے نہیں ہوتے۔ رک جاؤ۔ آگے مت جاؤ۔

گرو کا چہرہ میرے سامنے معلق ہو جاتا ہے۔

رکو نہیں۔ وہ کہتا ہے۔ چلتے جاؤ۔ یہی وہ راستہ ہے، اس راستے پر چلے بغیر تمہیں استحکام نصیب نہیں ہوگا۔ تم منزل پر نہیں پہنچ پاؤ گے۔ چلو چلتے رہو، چلتے رہو۔

شرم سے میری گردن جھک جاتی۔ سارے جسم میں احساسِ نفریں کی رو دوڑ جاتی ہے۔

میں کیسا بالکا ہوں جو گرو کی آخری وصیت کا پالن نہیں کر سکتا!

وہ کہنے والا گرو نہ تھا۔ اس کا مسلک کر دکھانا تھا، وہ توڑنے کا قائل نہ تھا۔ جوڑتا تھا میں کبھی ناامید ہو جاتا تو کہتا، تم بے شک اس سے امید توڑ دو، لیکن وہ کبھی انسان سے مایوس نہیں ہوتا۔ امید بہت بڑا تعلق ہے۔ اٹوٹ تعلق۔ ناامیدی تعلق توڑ دیتی ہے۔

اس نے مجھے صرف ایک نصیحت کی تھی، صرف ایک۔ وہ نصیحت نہیں، وصیت تھی۔

وہ ہماری آخری ملاقات تھی۔

مجھے علم نہ تھا کہ یہ ہماری آخری ملاقات ہے۔

اب سوچتا ہوں تو لگتا ہے کہ اسے علم تھا۔ ورنہ وہ وصیت نہ کرتا۔

نہیں، میں نہیں رکوں گا۔ میں اس کی وصیت پر ضرور عمل کروں گا چاہے کچھ بھی ہو۔ راستہ دلدل ہے تو پڑا ہو، کانٹے بچھے ہیں تو کیا ہوا۔ دھول اڑتی ہے تو پڑی اڑے۔ مجھے راستے کی صعوبتوں کی پروا نہیں ہے۔ راستے تو ہمیشہ کانٹوں سے اَٹے ہوتے ہیں۔

میں نئے عزم کے ساتھ چل پڑتا ہوں۔ کارواں کے پیچھے پیچھے قدم قدم۔

بائیں، یہ کارواں کے راہبر مڑ کیوں گئے۔ الٹے ہاتھ کیوں چل پڑے۔ وہ تو کہتے تھے یہ صراط مستقیم ہے۔ ایسا کیوں ہے کہ وہ کہتے کچھ ہیں کرتے کچھ اور ہیں۔ کیا انہیں راستے کے مفہوم کا شعور نہیں کہ یہ موڑ تو ذات کے موڑ ہیں۔

ذات کے گرد گھوم گھوم کر تو ہم نے سالہا سال سے راستہ کھوٹا کر رکھا ہے۔ ذات کی گھمن گھیریوں نے تو ہمیں لٹو بنا رکھا ہے۔ سالہا سال سے ایک ہی جگہ گھوم رہے ہیں، آگے بڑھنے سے محروم کر رکھا ہے۔

نہیں نہیں، جس راستے پر ذات کا ہنومان کھڑا ہو، وہ ہمارا راستہ نہیں ہے۔ وہ ہمیں آگے نہیں لے جا سکتا، ذات کا راستہ تو چکر میں گھومنا ہے۔ جہاں سے چلتے ہو وہیں آ پہنچتے ہو۔

کیا راہبروں کو یہ احساس نہیں کہ ان کے پیچھے کارواں آ رہا ہے۔ معصوم مخلص افراد کا کارواں۔ ایسے افراد جن کا مسلک ماننا ہے، جاننا نہیں۔ جو بن جانے، مان لینے کے عادی ہیں۔ جو پوچھے بغیر کدھر کو جا رہے ہیں، پیچھے پیچھے چلنے کے عادی ہیں۔ جو سالہا سال بھٹکنے کے بعد بڑی توقعات لیے، منزل پا لینے کی امید رچائے پیچھے پیچھے چل رہے ہیں۔

میں رک جاتا ہوں۔ نہیں میں نہیں جاؤں گا۔ میں ذات پرستوں کے پیچھے چلنے کو تیار نہیں ہوں۔ میں ان کے پیچھے نہیں چلوں گا۔ جو کہتے کچھ ہیں کرتے کچھ اور ہیں۔ جو ہم کا ڈھول بجا کر مجمع اکٹھا کرتے ہیں اور پھر میں کی ڈگڈگی پر رقص کرنا شروع کر دیتے ہیں۔ نہیں میں نہیں جاؤں گا۔ اس لیے کہ وہ اپنے وچن کا پالن نہیں کر رہے۔ میں غصے میں چیختا ہوں۔

وچن کا پالن تو تو بھی نہیں کر رہا۔ گرو کی آواز سنائی دیتی ہے۔ پھر ان میں اور تجھ میں کیا فرق ہے۔ گرو کا چہرا ابھرتا ہے، یوں ٹوٹا ہوا ہے جیسے انڈا ضرب لگنے سے چور چور ہو جاتا ہے۔

کر تو رہا ہوں وچن کا پالن۔ میں کہتا ہوں۔

لیکن تیرا جی نہیں چاہتا ہے نا۔ وہ پوچھتا ہے۔

ہاں میرا جی نہیں چاہتا۔

نہ چاہ کر کرنے سے تو نہ کرنا بہتر ہے۔ اس کی دکھ بھری آواز ڈوب جاتی ہے۔ چند ساعتوں کے بعد اس کی آواز پھر ابھرتی ہے۔

دراصل تم بٹ گئے ہو، ایک سے دو ہو گئے ہو۔ بٹ جانا بدترین صورت ہے۔ منکر ہو جاؤ۔ انکار کر دو۔ لیکن بٹو نہیں۔ اس راستے پر چلنے والے بہت سے لوگ کارندے، راہبر بنے ہوئے ہیں۔ میں اور ہم بنے ہوئے ہیں۔ وہ بھی بنے ہوئے ہیں، تو بھی بٹا ہوا ہے۔ یہ کہہ کر گرو چپ ہو جاتا ہے۔

دیر تک خاموشی طاری رہتی ہے۔ پھر وہ دبی آواز میں کہتا ہے۔ میں نے تجھ سے پہلے ہی کہہ دیا تھا کہ ایسا ہوگا۔ ہم کے دعوے ہوں گے۔ ہم کے پردے میں میں کی گھمن گھیریاں ہوں گی۔ طمع کے مگرمچھ منہ کھولے ہوں گے۔ ہم کے ڈھول پر ضرب لگے گی۔ میں کی طوطیاں بجیں گی۔ آزادی کا منہ زور گھوڑا آگے ہوگا۔ قانون کی بہلی پیچھے پیچھے گھسٹتی آئے گی۔ ہچکولے کھائے گی، لیکن یاد رکھو، اسی غلیظ شیرے سے ہی شفاف شربت بنے گا۔

تیوری چڑھا کر کہتا ہے، تم کیسے بالکے ہو گرو کو ماننے کے سکون کو چھوڑ کر جاننے کے کرب میں پڑے ہو۔

ہاں، وہ سچ کہتا ہے۔ میں بالکا ہوں۔ میرا کام جاننا نہیں۔ میرا کام دیکھنا نہیں، سننا نہیں۔ جانچنا نہیں میرا کام ماننا ہے، چلنا ہے، چلتے جانا ہے۔ مجھے آنکھیں موند لینی چاہئیں۔ کان بند کر لینے چاہئیں تاکہ گرد و پیش میں اڑتی ہوئی دھول کو نہ دیکھ سکوں۔ رستے میں بیٹھے ہوئے ٹھگوں کو دیکھ کر گھبرا نہ جاؤں، ان ڈاکوؤں سے خوف نہ کھاؤں جو دو دو ہاتھوں سے لوٹ رہے ہیں۔ انتظامیہ میں ہونے والی دھاندلیوں کو جان سکوں، افواہوں پر کان نہ دھروں۔

کیا کہا؟ میرے ساتھ راستے پر چلنے والا پوچھتا ہے۔ افواہوں پر کان دھرنے کی کیا ضرورت ہے! خبریں پڑھ لو۔ وہ اخبار میری جانب بڑھا دیتا ہے۔ یہ لو۔

نہ نہ نہ۔ میں چلاتا ہوں۔ مجھے اخبار نہ دکھاؤ۔ میں اخبار پڑھنا نہیں چاہتا۔ میرا دل پہلے ہی کمزور ہے۔ اخبار پڑھ کر دل ڈوب جھٹکے کھانے لگتا ہے۔ اخبار دیکھ کر ایسے لگتا ہے جیسے میں ننگا ہو گیا ہوں۔ نہیں نہیں میں حقائق جاننا نہیں چاہتا، مجھے خواب دیکھنے دو، جاگنے کے خواب۔

اے قافلے کے رہبرو! اللہ کے واسطے اپنی دی ہوئی آزادی اظہار واپس لے لو۔ ہمیں ننگا نہ کرو پلیز۔ یہ سب کچھ ڈھکا چھپا رہنے دو۔

یہ تم کیا کہہ رہے ہو۔ ایک خاتون کی آواز سنائی دیتی ہے۔ مجھے شک پڑتا ہے، محترمہ میں کہتا ہوں کہ سکون بخش گولیاں بنانے والوں نے راہبروں کو آزادی اظہار دینے پر اکسایا ہے۔ کیا تم جانتی ہو کہ مسکن گولیوں کی سیل چار گنا بڑھ چکی ہے۔

بے شک، اخبار نہ پڑھو۔ وہ کہتی ہے۔ ٹی وی جو ہے۔ میں بھی اخبار نہیں پڑھتی۔ یہ دیکھو میرے پاس جیبی ٹی وی ہے۔ میں ہر وقت اسے پاس رکھتی ہوں۔

میرے ساتھ ساتھ چلنے والا چلا کر کہتا ہے۔ میاں یہ جمہوریت کا راستہ ہے۔ آزادی کا راستہ ہے۔ مسکن گولیاں بنانے والوں کو حق حاصل ہے کہ وہ اپنی بکری بڑھائیں۔

کیا کہا؟ یہ جمہوریت کا راستہ ہے؟ آر یو شیور۔ میں پوچھتا ہوں۔

وہ دونوں قہقہہ مار کر ہنستے ہیں۔

کیا راہبروں کو پتہ ہے کہ یہ جمہوریت کا راستہ ہے۔ میں پوچھتا ہوں وہ تو روز لاؤڈ اسپیکر پر ہمیں بتاتے رہتے ہیں۔ تم ان کی تقریریں نہیں سنتے کیا۔

خاتون حیرانی سے میری طرف دیکھتی ہے۔

کیا وہ خود کو بھی بتاتے ہیں یا صرف ہمیں بتاتے رہتے ہیں، میں پوچھتا ہوں۔

بے وقوف، میرے ساتھ ساتھ چلنے والا قہقہہ مار کر ہنستا ہے۔ عوام کو بتانے کی ضرورت ہوتی ہے مسٹر۔ خود کو بتانے کا کیا مطلب؟

مجھے دور دور سے آوازیں سنائی دے رہی ہیں۔

دیکھو دیکھو وہ کیا کر رہے ہیں۔ تم دیکھتے کیوں نہیں ہو؟

سنو سنو وہ کیا کہہ رہے ہیں۔ تم سنتے کیوں نہیں ہو؟

نہیں، میں نہیں دیکھوں گا۔ میں نے آنکھیں میچ لی ہیں۔

نہیں نہیں میں نہیں سنوں گا۔ میں نے کانوں میں روئی ٹھونس لی ہے۔

یہی میرا رستہ ہے۔ میں اسی راستے پر گامزن رہوں گا۔ میں انحراف نہیں کروں گا۔ یہی راستہ ہمیں منزل پر پہنچا سکتا ہے۔ اسی غلیظ راب سے شفاف شربت نکلے گا۔

نہیں، میں نہیں سوچوں گا۔ میں بٹنا نہیں چاہتا۔ میں دو نہیں بنوں گا، ایک ہی رہوں گا۔

ooo

**میرزا ادیب**

# درونِ تیرگی

کمرے کے سب دروازے، کھڑکیاں اور روشندان ایک مدت سے بند پڑے تھے۔ یہی وجہ تھی کہ کمرے کے اندر فضا پر ہر وقت ایک بوجھل، سرد اور بھیانک تاریکی رینگتی رہتی تھی۔ اس گہرے اندھیرے میں نہ تو کبھی سورج کی حیات آفریں شعاعوں نے سانس لینے کی کوشش کی تھی اور نہ کبھی چاند تاروں کی ٹھنڈی روشنی نے اسے چھوا تھا اور تو اور ہوا کی لہریں بھی کسی وقت اندر آنا پسند نہیں کرتی تھیں۔ شاید انہیں بھی کمرے کی نحوست آثار منجمد تیرگی سے ڈر لگتا تھا۔

یہ کمرہ زندگی کی تمام ہماہمیوں سے بالکل محروم ہو چکا تھا ... اور اگر اس میں زندگی کا کوئی نشان تھا بھی تو صرف ان ننھے ننھے نظر نہ آنے والے ہزاروں ذرات کی بدولت تھا جو ایک دیوار سے لے کر دوسری دیوار تک فضا میں دن رات سرکتے رہتے تھے۔ ان میں بھی حرکت اس وقت پیدا ہوتی تھی جب کبھی ہوا کی کوئی لہر یا سورج کی کوئی کرن دروازے کے سوراخ یا دیوار کی دراڑ میں سے اندر آ جاتی تھی۔ اس کے علاوہ ان میں کبھی کسی قسم کا اضطراب یا ہلچل نظر نہیں آتی تھی۔ وہ تاریکی کے اجزا بن کر رہ گئے تھے۔ ان میں انفرادیت نام کو بھی باقی نہیں رہی تھی۔

یہی ماحول طاری تھا کہ ایک دن اسی تاریک کمرے کے ایک تاریک تر گوشے میں ایک چھوٹا سا ذرہ نڈھال ہو کر زمین کے بالکل قریب پہنچ گیا اور انتہائی مایوسی کے عالم میں بولا۔

"توبہ، کس قدر اندھیرا ہے۔ کہیں بھی روشنی کی جھلک دکھائی نہیں دیتی۔ نہ جانے کب اس سے نجات ملے گی؟"

یہ الفاظ سن کر ایک بوڑھے ذرے نے حقارت انگیز قہقہہ لگایا۔

"خوب! ناچیز ذرے ہو کر روشنی کی سوچ رہے ہو بیٹا! ہم اندھیرے کے بطن سے پیدا ہوئے ہیں۔ اس لئے ہمیشہ اندھیرے ہی سے وابستہ رہیں گے۔ ہمارا وجود تاریکی سے الگ نہیں ہے۔"

"ہمیں کبھی نجات نہیں ملے گی۔ کبھی اس اندھیرے سے باہر نہیں نکل سکیں گے۔" ننھا ذرہ بولا۔

"کبھی نہیں..... میری مانو ایسی بے ہودہ باتیں نہ سوچا کرو۔ یہ کیوں بھول جاتے ہو کہ تم ایک حقیر ذرے ہو۔"

یہ کہہ کر بوڑھے ذرے نے اپنی آنکھیں بند کر لیں اور ننھا ذرہ سہم کر خاموش ہو گیا کچھ اور پوچھنے کی اس میں ہمت نہیں رہی تھی۔

اس میں شک نہیں کہ اس نے اپنی ساری زندگی میں صرف ایک ہی دفعہ روشنی دیکھی تھی ..... اور اس وقت اس کا سینہ ایک شدید تیز و تند ولولے کی آماجگاہ بن گیا تھا۔ اس کی رگ رگ میں ایک پُر لذت سنسنی سی دوڑ گئی تھی۔ اور اسے پہلی مرتبہ محسوس ہوا تھا کہ وہ ایک حقیر، ایک بے مایہ وجود نہیں ہے ..... اپنی دنیا میں اس کی کچھ اہمیت بھی ہے ..... وہ کچھ کر بھی سکتا ہے۔ اس میں کچھ کر سکنے کی ہمت بھی ہے۔ اس کے سامنے ایک وسیع، ایک روشن دنیا پھیلی ہوئی ہے۔ جس میں وہ پرواز کر سکتا ہے۔ ناچ سکتا ہے، گا سکتا ہے..... مگر افسوس اسی وقت ہوا کے ایک جھونکے نے اسے دروازے سے پیچھے دھکیل دیا اور کچھ دیر کے بعد جب اس نے اپنا سر اوپر اٹھایا تو اس کے اردگرد دوبارہ بے کنار اور ہمہ گیر تاریکی چھائی ہوئی تھی۔ اور اس کے جسم کا ہر عضو بری طرح دکھ رہا تھا۔ اس کے سارے حسین خواب چٹان کی طرح سخت اندھیرے سے ٹکرا کر چکنا چور ہو گئے تھے اور بظاہر تاریکی سے نکل کر روشن دنیا میں جانے کی کوئی امید باقی نہیں رہی تھی۔ تاہم شدید سے شدید مایوسی بھی اس مشعل کو بجھانے میں کامیاب نہ ہو سکی جو ایک مرتبہ روشنی دیکھنے کے بعد اس کے دل کی گہرائیوں میں جل چکی تھی ..... اسے توقع تھی کہ ایک نہ ایک دن وہ ضرور اندھیرے کی تہوں سے نکل کر باہر کی لامحدود دنیا میں پہنچ جائے گا..... اور وہ اس وقت سے لے کر اس وقت تک اسی گھڑی کا انتظار کر رہا تھا۔

بوڑھے ذرے کے تلخ اور ہمت شکن الفاظ نے اس پر گہرا اثر کیا تھا۔ اس لئے وہ اپنے وجود کو سنبھال نہ سکا۔ اور زمین پر گر پڑا۔ چند لمحے خاموشی طاری رہی۔ وہ بے بس ہو کر، مجروح ہو کر، چپ چاپ بے حس و حرکت پڑا رہا۔ اسی حالت میں یکایک

بوڑھے نے حسب معمول کرخت لہجے میں کہا۔

''تمہارا خیال ہے گھر کی مالکن پھر کبھی یہاں آ جائے گی اور کمرے کا دروازہ کھول دے گی۔''

ننھے ذرے نے کوئی جواب نہ دیا..... دراصل یہ الفاظ اس کے کانوں تک پہنچ ہی نہیں سکے تھے اور اگر وہ یہ الفاظ سن بھی لیتا جب بھی کچھ نہ کہہ سکتا۔ مایوسی نے اسے بیدم کر دیا تھا۔

بزرگ ذرے نے آنکھیں جھپکا کر کہا۔

''گھر کی مالکن کبھی نہیں آئے گی یہ خیال اپنے دماغ سے نکال دو۔ اس زمانے میں گھر کا کچھ سامان یہاں پڑا تھا اور وہ یہی سامان لینے کے لئے یہاں آ گئی تھی۔ ورنہ وہ اس متعفن فضا میں کبھی آنے کا ارادہ نہ کرتی۔ سنا بیٹا! تم سن نہیں رہے کیا؟''

ذرہ خاموش تھا۔

''غائب کہاں ہو گئے ہو.....اچھا بھئی تمہاری مرضی۔ میں کیا کہہ سکتا ہوں۔'' بڑے ذرے کی بوڑھی آواز ایک لمحے کے لئے تھرتھرائی اور پھر گہرے اندھیرے میں جذب ہو گئی۔ کچھ دیر گزرنے پر ننھے ذرے کا شعور بیدار ہونے لگا۔ اسے وہ واقعہ تمام جزئیات کے ساتھ یاد آ گیا جس سے وہ ابھی ابھی دوچار ہوا تھا۔ اس نے بزرگ ذرے کی آواز نہیں سنی تھی۔ تاہم وہ اچھی طرح جانتا تھا کہ اس کے اردگرد پھیلے ہوئے بزرگ ذرے کس انداز میں سوچا کرتے ہیں اور روشنی کی تمنا کو کتنا بیہودہ خیال تصور کرتے ہیں۔

ذروں کی دنیا کا یہ سب سے ننھا وجود چند لمحے مسلسل حیرت و مایوسی کے عالم میں ادھر ادھر دیکھتا رہا۔ وہ پوری طرح مایوس ہو جانا چاہتا تھا۔ مگر ہو نہیں سکتا تھا۔ اس کے ذہن میں ایک خلش سی، ایک اضطراب سا موجزن تھا۔ اس خلش اور اضطراب میں روشنی کی آرزو کے علاوہ ایک قسم کا باغیانہ احساس بھی کارفرما تھا۔ اپنے آپ کو وہ اس قدر حقیر نہیں سمجھتا تھا کہ ایک مرتبہ زمیں پر گر کر دوبارہ اٹھنے کا نام ہی نہ لے اور روشنی کی تمنا کو ہمیشہ کے لئے دل سے نکال دے۔

اس سے بہت دور، کافی بلندی پر اندھیرے کے سینے میں روشنی کی ایک نہایت مدہم سی ننھی سی لکیر لرز رہی تھی اور یہی لکیر اس کی نظر کا مرکز بن گئی تھی ..... نہ صرف مرکز بن گئی تھی بلکہ اس کے اندر زندگی کی نئی امنگ اور نئی ترنگ بھی پیدا کر رہی تھی..... وہ مایوسی کی سطح سے بلند ہو رہا تھا اور سوچ رہا تھا ..... آخر گھر والے اس کمرے کی کھڑکیاں اور دروازے کھول کیوں نہیں دیتے۔ انہیں ہم سے کیا دشمنی ہے۔ وہ ہمیں کیوں اس محدود فضا میں بند کر کے روشنی سے محروم کر رہے ہیں۔''

کافی دیر کے بعد وہ گرتا پڑتا اوپر آ گیا۔ اب وہ اپنے سامنے بزرگ ذرے کو دیکھ رہا تھا۔ وہ بوڑھے سے یہ سوال پوچھنا چاہتا تھا مگر اس خیال سے کہ یہ بوڑھا اسے مایوس کرنے کی کوشش کرے گا۔ اسے بولنے کی جرأت نہ ہوئی۔

بزرگ ذرہ اس کا خیال بھانپ گیا اور کہنے لگا۔

''میں نے ایک دفعہ کہہ دیا ہے کہ ہم تاریکی کا ایک حقیر حصہ ہیں۔ آخر سوچو روشنی کے ساتھ ہمارا کیا واسطہ ہے تم بالکل ننھے ہو۔ بے فائدہ اس چیز کے لئے بیتاب ہو جسے کبھی حاصل نہیں کر سکتے۔ میری مانو، اس قسم کی خیال آرائی نہ کیا کرو۔ سنا تم نے بیٹا۔''

ننھا ذرہ اب خاموش نہ رہ سکا۔ جھٹ بول اٹھا۔

''وہ لوگ دروازہ کیوں نہیں کھول دیتے۔ دروازہ کھلے گا تو روشنی خود بخود اندر آ جائے گی۔''

''بہت خوب۔'' بزرگ ذرے نے خوفناک قہقہہ لگایا۔ ''تم انسان سے یہ توقع رکھتے ہو کہ وہ تمہاری بیتابی کا خیال کر کے دروازہ کھول دے گا۔ یہ تمہاری بھول ہے۔ تم نے انسان کو سمجھا ہی نہیں..... اسے ہم حقیر ذروں کی کیا پروا ہو سکتی ہے......اگر تم نے اس مجنونانہ خواہش کو دماغ سے نہ نکالا تو ایک دن تمہارا دم گھٹ جائے گا اور تم مر جاؤ گے۔''

اس وقت ذرے کی آنکھوں پر مایوسی کے سائے چھا گئے۔

تاریک فضا اور تاریک ہو گئی۔ روشنی کی وہ ننھی لکیر بھی نہ جانے کہاں غائب ہو گئی۔ ذرے کا دم سچ مچ گھٹنے لگا۔ اس نے اپنے آپ کو ہوا میں چھوڑ دیا......اس حالت میں اسے کچھ خبر نہ تھی کہ اس کے اردگرد کیا ہو رہا ہے اور کیا ہونے والا ہے۔

پستی سے لے کر انتہائی بلندی تک چاروں طرف گہری تاریکی مسلط تھی۔ اس تاریکی میں اس کے ہم عمر، لاکھوں ذرے اپنی

مختصر سی دنیا میں گردش کر رہے تھے۔ آگے بڑھتے تھے، ایک دوسرے سے ٹکراتے تھے اور پھر نیچے چلے جاتے تھے۔ ان میں کئی ایسے بھی ہوں گے، جنہیں روشنی کی تمنا ہوگی جو وسیع اور روشن دنیا میں پرواز کرنا چاہتے ہوں گے۔ لیکن اپنے گردوپیش بے شمار رکاوٹیں دیکھ کر ان کے حوصلے پست ہو جاتے ہوں گے۔ ان کی خواہشیں سسک سسک کر دم توڑ دیتی ہوں گی اور نوجوان ذرہ بھی محسوس کر رہا تھا کہ راستے کی مشکلات کا مقابلہ کر کے دروازے تک پہنچ جانا بہت مشکل ہے بلکہ ناممکن ہے۔ اسے یاد آیا کہ ایک دفعہ پہلے بھی اس نے اوپر جانے کی کوشش کی تھی مگر طاقت ور ذروں نے اس کا راستہ روک لیا تھا۔ وہ ایک بیوقوف اور ضدی بچے کو ہلاکت آفریں تگ ودو سے بچانا چاہتے تھے ... کم از کم ان کا نقطۂ نظر یہی تھا اور ان کی باتوں سے بزرگانہ شفقت نمایاں تھی۔

"کیا وہ اسی طرح ختم ہو جائے گا ... ؟" اس نے سوچا اور روشنی کا تصور پوری شدت کے ساتھ اس کے دل میں جاگ اٹھا، ور وہ اپنے اندر ایک نئے ولولے کا ہیجان محسوس کر کے بلندی کی طرف پرواز کرنے لگا۔

نئی فضاؤں میں گردش کرتے ہوئے ذرے جب اس سے ٹکرائے تو وہ ایک نہیں سے کہیں جا پہنچتا۔ ایک مرتبہ تو وہ اسی پستی میں پہنچ گیا۔ جہاں سے نکل کر وہ اوپر اٹھا تھا۔ اگرچہ وہ چند لمحے وہاں ٹھہرا۔ لیکن اس مختصر سے وقفے میں بھی اس کے بزرگوں اور ساتھیوں نے طعن و تشنیع سے اسے پریشان کر دیا۔

ایک بزرگ کہنے لگا۔

"دیکھو ایسی بے ہودہ حرکت نہ کرو۔ تم نہیں جانتے کہ."

اس سے پہلے کہ بزرگ کا فقرہ مکمل ہوتا۔ وہ تیزی سے اوپر کے کرے میں آ گیا۔

خوش قسمتی سے ہوا کا ایک جھونکا ادھر آ نکلا۔ اور اس جھونکے نے اسے فضا کے اس حصے میں پہنچا دیا جو کافی بلند تھا اور جہاں وہ پہلے کبھی نہیں پہنچا تھا۔ یہاں پہنچ کر ذرا رک کر اس نے نیچے دیکھا۔ دور اس کے پست ہمت ساتھی کلبلا رہے تھے اور اپنی محدود تاریک دنیا میں بے معنی گردش کر رہے تھے۔ یہاں سے اپنا پہلا مقام اسے اس قدر پست نظر آیا کہ وہ خود ہی اپنی کامیابی پر حیران رہ گیا۔ مگر حیرت و مسرت کے یہ لمحے بہت جلد ختم ہو گئے کیونکہ اب وہ جن ذروں کے درمیان موجود تھا وہ اسے اپنے ساتھی نہیں سمجھتے تھے، بلکہ تاریک پستیوں کا باسی کہتے تھے۔ اور اسے اپنے کمرے میں آنے کی اجازت دینا پسند نہیں کرتے تھے۔ جب اس نے اپنے ارادے کا اظہار کیا تو اسے یہ دیکھ کر بڑا تعجب ہوا کہ نئے ساتھی بجائے اس کے کہ اس کی ہمت و عزم بلند پر تحسین کہیں۔ الٹا اس کا مذاق اڑا رہے ہیں۔ ایک ذرے نے تو صاف صاف کہہ دیا۔

"بھئی! یہ تمہاری خوش قسمتی تھی کہ یہاں تک پہنچ گئے۔ اب فوراً واپس چلے جاؤ۔ تمہارا مقام اسی پستی میں ہے۔ جہاں سے تم آئے ہو۔ اگر ہم میں سے کسی کے طاقتور وجود سے تمہارا تصادم ہو گیا تو ایک ہی لمحے کے اندر فنا ہو جاؤ گے۔ یا زخمی ہو کر نیچے زمین پر گر پڑو گے، اور زمین کے ذروں میں جذب ہو کر رہ جاؤ گے اور پھر کبھی نہیں اٹھ سکو گے!"

باقی ذروں نے بھی یہی کوشش کی کہ وہ ایک لمحہ توقف کئے بغیر واپس چلا جائے۔ لیکن تھکاوٹ کے باوجود وہ اوپر جانے لگا۔ یہاں تک کہ ایک نئی بلندی پر پہنچ گیا۔

اس بلندی پر اس کی ملاقات ایک تیز رو مسافر سے ہوگئی۔ یہ ذرہ بھی اسی کی طرح ایک دور دراز گوشے سے نکل کر بالائی حصے کی طرف پرواز کر رہا تھا۔ چنانچہ وہ خوشی خوشی اس کا ہم سفر بن گیا۔

ایک دن وہ دونوں ساتھ ساتھ چلے جا رہے تھے کہ یکا یک اس کا ساتھی چیخ اٹھا۔

"آندھی۔"

"کیا؟" نوجوان ذرہ آندھی کا مطلب نہیں سمجھا تھا۔

"باہر آندھی آ رہی ہے: یہ شور سن رہے ہونا!" اس کا ساتھی بولا۔

"مجھے معلوم نہیں تم کیا کہہ رہے ہو۔ باہر وسیع دنیا میں بھی اندھیرا چھا گیا ہے۔ اتنی جلدی رات کیونکر آ گئی ہے آج؟"

اس کے ہم سفر نے بتایا۔ آندھی تیز و تند ہوا کو کہتے ہیں اور اگرچہ کمرے کے سب دروازے بند ہیں، تاہم آندھی کے

جھونکے اندر بھی آ جائیں گے اور اگر ہم کسی جھونکے کی زد میں آ گئے تو وہ نہ جانے ہمیں کہاں پھینک دے اور...... یہ بھی خبر نہیں کہ..."

یکا یک اِدھر اُدھر ایک ہلچل سی مچ گئی...... ایک طوفان سا برپا ہو گیا۔ چھوٹے ذرے نے محسوس کیا کہ سب ذرے مل کر اسے پستیوں کی طرف دھکیل رہے ہیں۔ خوف سے اس نے آنکھیں بند کر لیں۔ اور اس کا ننھا سا وجود اس طرح گردش کرنے لگا جیسے کسی طاقت ور چیز سے ٹکرا کر پاش پاش ہو جائے گا۔

کافی عرصے کے بعد جب اس کا شعور بیدار ہوا تو اس نے دیکھا کہ وہ ایک تنکے کے سرے پر چمٹا ہوا ہے اور یہ تنکا دیوار کی طرف جا رہا ہے۔ یہاں تک کہ دیوار کے ساتھ جا لگا ہے۔ فضا میں ابھی تک اندھیرا مسلط تھا اور لحہ بہ لحہ گہرا ہوتا جا رہا تھا۔ اس کے اِرگرد جتنے ذرے موجود تھے۔ وہ سب کے سب تھک کر، مضمحل ہو کر سو رہے تھے۔ ایک بڑا مایوس کن خیال اس کے ذہن میں آیا "کیا میری زندگی حرکت اور حرارت سے محروم ہو گئی ہے اور کیا میں اپنا سفر پورا کر کے پھر اسی ناپیدا کنار تاریکی کا جزو بن رہا ہوں۔ جس کے بطن سے میں پیدا ہوا تھا۔ کاش میں اس ناکامی سے پیشتر صرف ایک مرتبہ دروازے سے نکل کر روشنی کے سیلاب میں چھلانگ لگا سکتا... صرف ایک مرتبہ اور......

"روشنی میں جانے کا مزا دیکھ لیا ہے نا!" قریب سے ایک بوڑھی آواز آئی۔

"کیا مطلب؟" اس نے کہنے والے کی طرف مخاطب ہوئے بغیر پوچھا۔

"مطلب کیا... شکر کرو اس کمرے کے سب دروازے اور کھڑکیاں بند تھیں...... اگر ایک بھی کھڑکی کھلی رہتی تو ہم میں سے کسی کا وجود بھی سلامت نہ رہتا۔ ہم مٹی کے بوجھ تلے دب کر ختم ہو گئے ہوتے۔ ہمیں بند دروازوں اور کھڑکیوں نے بچا لیا ہے۔"

بات بالکل درست تھی۔ آندھی کا ایک ہلکا سا جھونکا اندر آ سکا تھا اور اس ہلکے سے جھونکے نے ایک ہلچل سی مچا دی تھی۔ اگر وہ باہر ہوتا یا دروازہ کھلا ہوتا تو نہ جانے کیا ہوتا۔ وہ مایوس تھا۔ مگر اب کے مایوسی میں کچھ اطمینان بھی تھا۔

وقت چپ چاپ گزرتا رہا اور ایک دن پھر اس نے یکا یک بلندی پر ایک روشن نقطہ دیکھ لیا۔ اس کے سینے میں سوئی ہوئی امید جاگ اٹھی۔ "ہائے وہ باہر کی دنیا کس قدر وسیع، کس قدر خوبصورت ہے۔" اس نے آہ بھر کر کہا اور اچانک اسے محسوس ہوا کہ وہ اوپر آ گیا ہے۔ ایک نئے مقام پر۔"

"ننھے بھائی کیا کر رہے ہو؟"

اس نے دائیں طرف دیکھا۔ اس کا پہلا باہمت ہم سفر پیار بھری نگاہوں سے اسے دیکھ رہا تھا۔ امنگ از سرِ نو اس کے اندر پیدا ہو گئی۔

ابھی اس نے کچھ نہیں کہا تھا...... وہ سوچ رہا تھا کہ کیا کہے۔ اتنے میں اس کا ہم سفر بولا۔

"مجھے افسوس ہے۔ میں تمہارے ساتھ جا نہیں سکتا۔ دیوار کے ساتھ جالا لٹک رہا ہے۔ میں اس میں بہت بری طرح پھنس گیا ہوں۔ نہ جانے کب تک یہاں گرفتار رہوں گا۔ ایک نہ ایک دن ہوا کا جھونکا آئے گا اور مجھے اس قید سے رہائی دلا دے گا۔ جب تک وہ جھونکا آئے میں اس بوجھل غبار سے نہیں نکل سکتا۔"

"کوشش تو کرو۔"

"کوشش تو کرتا ہی رہوں گا۔ تم تم روشنی کی تلاش میں نکل جاؤ۔ میں بھی کبھی نہ کبھی آؤں گا۔ کبھی نہ کبھی ضرور آؤں گا۔"

"نہیں۔ جب تک تم ساتھ نہیں چلو گے میں یہیں رہوں گا۔" یہ کہتے ہوئے چھوٹے ذرے کا دل ہمدردی سے لبریز ہو گیا۔

دوسرا ذرہ بولا۔ "اس کا خیال نہ کرو۔ اس وقت فضا کافی پرسکون ہے۔ تمہیں راستے میں زیادہ تکلیف نہیں ہو گی۔" دوسرے ذرے کے لہجے میں عزم اور ارادے کی مضبوطی جھلک رہی تھی۔

اپنے ہم سفر سے محرومی کے احساس نے اس کے سینے میں درد کی لہریں دوڑا دیں۔ اور اس کے ذہن میں ایک چبھن سی ہونے لگی۔

"یہیں ٹھہر جاؤں یا روانہ ہو جاؤں......" وہ سوچنے لگا۔ اس وقت واقعی فضا پرسکون تھی اور بلندی پر تاریکی کی پیشانی سے

روشنی کی ایک لہر پھوٹ رہی تھی۔اس کے قدم بے اختیار اٹھنے لگے۔اس نے اپنے ساتھی کو آخری بار دیکھا اور اوپر پرواز کرنے لگا۔

وہ تاریک فضا میں گر گر کر اڑتا رہا۔اڑ اڑ کر گرتا رہا۔کبھی طاقت ور ذروں سے ٹکرا کر بالکل زمین کے قریب پہنچ جاتا۔اور کبھی مسلسل تگ ودو سے کسی نئی فضا کو چھونے لگتا۔نئی فضا کے ذرے اسے حقیر اور اجنبی سمجھ کر اسے اپنی دنیا سے نکال دیتے۔متکبر ذرے اس کا راستہ روک لیتے...... اس کا مذاق اڑاتے، نہ صرف یہ بلکہ اسے زخمی کر کے نیچے بھی گرا دیتے۔ ہر لمحہ بڑھتی ہوئی مشکلات کو دیکھ کر اس کے اوسان خطا ہو جاتے۔اس کی ہمت جواب دے جاتی۔لیکن اس کے دل میں روشنی میں جانے کی جو تمنا بے قرار تھی۔اس کا شعلہ کسی صورت میں بھی، کسی حال میں بھی نہیں بجھتا تھا۔یہی وہ شعلہ تھا جس کی حرارت نے اسے ہر لمحہ مصائب کے ہجوم میں سرگرم سفر رکھا تھا اور جو اسے ہر گھڑی ایک حسین ایک شاداب دنیا کے کب دکھا تا رہا تھا۔جب کبھی زخمی ہو کر زمین پر گر پڑتا تو یہ رنگین خواب چپکے سے اس کے ذہن میں جھلملا اٹھتے اور وہ اسی حالت میں اپنے مجروح جسم کے ساتھ اوپر اٹھنے کی کوشش کرنے لگتا۔تاریکی کی دنیا میں اس کا کوئی ہم سفر نہیں تھا۔کوئی ہمدرد نہیں تھا۔سب کے سب اس کا مذاق اڑاتے تھے۔ اس کو پاگل تصور کرتے تھے۔تاہم وہ تاریکی میں جذب ہونے کے لئے تیار نہیں تھا...... اور نہ اپنے دل سے اپنی عزیز ترین خواہش کو نکال سکتا تھا۔

وہ اڑتا رہا...... بڑھتا رہا۔یہاں تک کہ ایک دن اس کی آنکھیں حیرت انگیز مسرت سے کھلی کی کھلی رہ گئیں۔وہ دروازے کے قریب پہنچ چکا تھا۔کثیف اندھیرے کی حدیں ختم ہو رہی تھیں۔اور اس کی ننھی ننھی آنکھوں کے آگے دور تک روشنی اور تاریکی کا ایک وسیع پھیلاؤ سا نظر آ رہا تھا جس میں لاکھوں صحت مند ذرے ناچ رہے تھے۔اس پھیلاؤ اور اس کے درمیان ابھی تاریکی حائل تھی...... وہ ٹھہر نہ سکا۔تیزی سے آگے بڑھنے لگا۔برابر آگے بڑھتا گیا۔

اب اس پر ایک نیم بے ہوشانہ سی کیفیت طاری تھی۔

وہ کہاں ہے، کس دنیا میں پہنچ گیا ہے۔کیا وہ سنگین دروازے سے باہر نکل آیا ہے۔یا ابھی تک اس دم گھٹنے والی تاریک فضا میں لڑکھڑا رہا ہے...... اسے کچھ سوجھتا نہیں تھا...... کچھ دیر کے بعد وہ اپنے نئے ماحول سے آشنا ہونے لگا...... اس کے چاروں طرف ایک نئی دنیا بکھری ہوئی تھی...... ایک نئی دنیا جس میں روشنی بھی تھی اور وسعت بھی، جو بڑی شاداب اور بڑی خوبصورت تھی۔اسے روشن دنیا کے ذرے بڑے ہمدرد نظر آ رہے تھے۔کیونکہ ان کے صحت مند چہروں پر مایوسی اور افسردگی نہیں تھی بلکہ مسکراہٹ کی سرخی پھیلی ہوئی تھی اور اسے یوں محسوس ہوتا تھا۔جیسے وہ اس کا استقبال کر رہے ہیں۔اپنی کامیابی سے سرشار وہ روشنی کے چشمے میں تیرتا رہا...... یہاں تک کہ وہ تھک گیا...... اچانک ایک دم تاریکی چھا گئی۔اس نے حیران ہو کر ایک ذرے سے پوچھا۔

"روشنی کہاں گئی؟"

نئے ذرے نے جواب دیا۔

"اب شام ہو گئی ہے۔کمرے کے باہر وسیع دنیا میں روشنی کا منبع یعنی سورج اپنی کرنوں کو سمیٹ کر رات کے غار میں اتر رہا ہے۔تھوڑی دیر کے بعد چاند اور ستارے نکلیں گے...... تھوڑی سی روشنی اندر آ سکے گی...... آہ خوب صورت اور حیات آفریں روشنی تو باہر ہے...... باہر کی لامحدود دنیا میں۔"

"میں اسی لامحدود دنیا میں جانا چاہتا ہوں۔" چھوٹا ذرہ بولا اور اس کا دل دھڑکنے لگا۔

"آگے ہوا کے بڑے تیز اور تند تھپیڑے ہیں جو ہمیں پیچھے دھکیل دیتے ہیں۔باہر جانا ممکن نہیں۔"

"...... مگر وہ دیکھو باہر جانے کا راستہ ہے...... وہ دروازے میں۔" وہ بولا۔

"راستہ ہے لیکن باہر نکلنا بے حد مشکل ہے۔وہاں ہوا بہت تیز ہے۔"

"کوئی پروا نہیں...... میں باہر جاؤں گا...... میں باہر کی سنہری اور روشن دنیا میں ضرور جاؤں گا...... ضرور جاؤں گا۔"

اور یہ کہتے ہوئے وہ پھر پرواز کرنے لگا! اوپر ہی اوپر...... بلند سے بلند تر فضا میں۔

OOO

## ابوالفضل صدیقی

# جوالا مکھ

نہ معلوم کودھر سے عیدو کے اندر کا مرد جیسے تڑپ اُٹھتا! آنکھوں میں رَس سا چھلک پڑتا اور سیدھا ہوتے ہوتے ہونٹ خاتون کے رُخساروں پر سے پھسلتے بیر بہوٹی سے ہونٹوں سے چپک جاتے اور نہایت چابک دستی کے ساتھ بھرے بھرے بدن کے گداز نقوش اور مخملی خطوط کے نشیب و فراز کا جائزہ لینے لگتے، اور پھر بڑے زور سے بھینچ لیتے اور وہ جیسے کاٹھ کے شکنجے میں کس جاتی۔

یہی نہیں کہ خاتون ہی کا خون منجمد ہو جاتا۔ عیدو کے ہونٹ بھی چپچپا کر دبک سے جاتے۔ بیمار آنکھوں میں لال ڈورے اُبھل جاتے، سانس تھرتھرا جاتی۔ گویا بھولا ہوا سبق یاد آ جاتا اور پچھلے پانچ سال کی رات شب برات اور دن عید کے ہنگاموں میں سے اِبس اتنی ہی استعداد باقی رہ گئی تھی جیسے سر کچلنے کے بعد سانپ میں بل اور اینٹھ باقی رہتی ہے اور فالج کے مارے ہوئے عیدو کے اندر جیسے شہد کی صورت زہر لہراتا اور خاتون کو تو سچ مچ اُس وقت سانپ ڈس لیتا......!

بقول شخصے ـــــ ''زندہ در گور، قبر میں پاؤں لٹکائے'' زیر ناف کلیتہً مفلوج ـــــ نچلا دھڑ بے کار اور حرکت سے معذور، اور کمر کے خاص اعضاء کو تو بالکل ہی مردہ کہیے۔ مگر بقیہ پوری ریڑھ تندرست تھی اور اوپر کا بدن بلکل صحیح پھر بھی خود اُٹھ کر بیٹھ نہ سکتا تھا۔ اور جب خاتون اٹھا کر بٹھا دیتی تو کھونٹا سا بیٹھا تو رہتا لیکن بس بیٹھا ہی رہ جاتا اور بغیر سہارے لیٹ نہ سکتا اور لیٹ کر بھی تختے کی طرح پڑا ہی رہتا اور بغیر تھوڑے سے سہارے کے پُوری لاش کے ساتھ آسانی سے کروٹ بھی نہ لے سکتا تھا۔

اور خاتون جب کھانا لے کر آتی تو بالعموم رات کے کھانے کے بعد لٹاتے ہوئے سہارا دیتے وقت مفلوج عیدو میں ڈیڑھ سال پہلے والا شوہر جاگ پڑتا اور پھر وہ کر موجلی سرِ شام کی چھوڑی منت میں صبح تک بھٹکتی رہتی.... خاتون میں شوہر گدگداتا رہتا اور بے خبر پڑا سوتا رہتا..... چھریرا گوروں کا اٹھا سا کھرا، چلتے پھرتے، کودتے پھاندتے خوابوں میں گم، جب اس کے بیس گرہ سینے اور سولہ گرہ چوڑے پیٹ کے نیچے بھینسے کی طرح چبوترہ سی کمر تھی جس میں جمنا پاروی کی طرح مضبوط دو ٹانگیں تھیں جمنا پاروبیل کی طرح مضبوط اور کاٹھیاواڑی گھوڑے کی طرح تندرتا ٹانگیں جن کی دھمک کے مارے دھرتی پانی چھوڑتی اور پاتال تھرتھراتا.......... عیدو کو لیے لیے پھرتی اور عید دتو خواب میں ہی عیدو ہوتا۔ مگر خاتون پر ساری رات جاگتے۔ عیدو ہی عیدو سوار رہتا.....!

فالج گرنے کے بعد چھ سات مہینے تو علاج کی مصروفیت اور تندرستی کی اُمید رہی۔ پھر جب گاؤں اور قصبوں تک کے سب ویدوں، حکیموں اور ڈاکٹروں نے جواب دے دیا تو کچھ دنوں ابدی معذوری کا شدید احساس اور دائمی نا امیدی، سنگین قنوطیت سی طاری رہی مگر پھر حالات کے استقلال اور وقت کے مرہم نے صبر کی کیفیت پیدا کر دی اور مجبور حالت سے مطمئن ہوتے ہی بھولی باتیں یاد آنے لگیں۔ بے معنی سی رجوعیت نے عود کیا۔ پہلے دو ایک روز تو ذرا ڈرتے ڈرتے شروعات کی اور پھر یہ مہمل اختلاط اور پیار رات کے کھانے کے بعد کا معمول بن گیا۔

جیسے خود کو دھوکا دیتے ہوئے خاتون نے شروع شروع میں تو کچھ دنوں تک نہ معلوم کیوں شوہر کی دل شکنی کے لحاظ میں شاید باطل خود فریب سی اُمید میں اس جھوٹ مُوٹ کے کھیل کا ترکی بہ ترکی جواب دیا مگر اس کا جواب تو اس کا سوال ہی ہو سکتا تھا اور جب سرے سے سوال ہی غائب ہے تو جواب کیا ہو سکتا تھا جیسے کچھ اپنا منہ آپ ہی چڑھا کر رہ جاتی اور اس کے گلابی رخساروں، پنکھڑی سے ہونٹوں پر جیسے کالا ناگ سرِ شام نہ معلوم کتنے پھن مار دیتا۔ اس کے سینے، بازوؤں اور پشت پر اور نہ معلوم کہاں کہاں مشعل سی پھر جاتی اور پھر پوری رات انگاروں پر کٹ جاتی۔ چٹ، چٹ، چٹاچٹ، کباب کی طرح چٹختے، بھنتے، سلگتے اور ایک مرتبہ اندر ہی اندر جھنجلا کر ذرا سنجیدگی کے ساتھ شوہر کی اس طلب مجہول پر اعتراض کیا اور اس کا جواب مانگا تو عیدو ٹٹولتا ٹٹولتا دل سے اتر کر خاتون کی بات کا جواب تلاش کرتا پیٹ تک پہنچا۔ خیر یہاں تک تو شاید کچھ بازگشت جیسی آواز محسوس بھی ہوتی تھی۔ مگر ایک ذرا نیچے بڑھ کر کمر پر تو موت کا سناٹا تھا اور وہ مہمل چیز بھی معدوم تھی.....! اور مس اور بوسہ خواہ حقیقی ہو یا مجازی تحریک تو

رکھتا ہی ہے اور یہ تو نہ ''یہ'' ہوتا ہے نہ ''وہ''! مگر اس بے چاری کے لیے تو کسی مند میں نہ ہوتے ہوئے بھی طوفان سا ہمہ اور آگ سا تیز ہوتا اور بغیر کسی جواب کے عیدو اپنی حرکت سے باز آنے والا نہ تھا۔ اس شوخ بچے کی طرح جو تالاب کے ٹھہرے ہوئے پانی میں کنکریاں پھینک کر گول گول متلاطم لہروں کا تماشا دیکھتا ہے اور وہ بے چاری ہر رات جیسے پچھلے پانچ سال عیش کوشیوں اور شب باشیوں کے ردِ عمل سے دو چار ہو کر صبح کو خمار زدہ شرابی کی طرح اٹھتی جس کے پس منظر میں شراب کے سرور کا بھی کوئی سراغ نہ ہوتا..... خمار ہی خمار سرِ شام کا چڑھا صبح تک!!..... اور صبح سے شام تک اعضاء شکنی اور تھکن ہی تھکن! ہمہ وقت جلن ہی جلن.....؟ پیاس ہی پیاس سارا دن! بھوک ہی بھوک تمام رات!

خاتون نوجوان تھی۔ غضب کی تندرست بلا کی حسین، اور کل کی بات ہے اُس کی نوجوانی، تندرستی، نسائیت اور زوجیت کے پورے پورے حقوق عیدو کندھے سے کندھا ملائے نہایت مستعدی کے ساتھ ادا کرتا رہا تھا۔ اچھے بھلے پر فالج گرا، اگر مر جاتا تو اس کا سوختہ نصیب جوان مٹی بھی سہارے لگ ہی جاتی اور کہیں نہیں تو چار پانچ برادر دو بول پڑھوا کر شبراتی سے ہی پلّو باندھ دیتے گھر کے گھر ہی میں، اس سے کیا کہ شبراتی دو بچوں کا باپ تھا اور اپنی جورو کا خصم، تھا تو عیدو کا بڑا بھائی، باپ کی جائداد اور بھائی کی ناک کسی اور کے کیسے حوالے کر دیتا۔ مرے پار نہ بھرے پار۔ گھر کی بہو تھی۔ بیوہ بھاوج نہ سہی دوسری بیوی بنا کر بھرتا ہی مرتا اور اب اکیلا اپاہج بھائی کو چار پائی پر پڑے پڑے کھلا ہی رہا تھا اور پامردی سے اکیلا دھڑی بھر آٹا اور کھانے والے کنبے کو ذرا سی آبائی زمین جوت کر پال رہا تھا۔ مگر خاتون تو سانپ کے منہ میں چھچھوندر تھی اور سانپ بھی گریا نوٹا..... اور سانپ بھی نہیں مسلے ہوئے سنڈے کے پلے بندھی ہوئی..... اور خاتون کی زندگی کا دھارا ہر شام چڑھتا رہا اور ہر صبح اُبلتا رہا اور بہتا پانی تو اپنی سطح خود تلاش کرتا ہے..... اور پستی میں سکون پا کر ہی دم لیتا ہے۔

کمر، ٹانگوں سے اپاہج عیدو کے حواسِ خمسہ بڑے ذکی الحس ہو گئے تھے۔ کوئی موسم ہو وہ باہر تو نکل ہی نہ سکتا تھا، جاڑا ہو یا گرمی معالجین نے ہر موسم میں بند جگہ پر لیٹے لپٹائے پڑے رہنے کی ہدایت کر دی تھی۔ تھوڑا بہت علاج و معالجہ رسمی مالش ٹکور مستقل چلتی رہتی تھی۔ جاڑے کے بعد پہلی گرمی آنے پر خاتون نے اندر کوٹھری میں اُس چار پائی کے برابر اپنی چٹائی بچھالی اور بدستور وہیں لیٹتی رہی..... مگر جیٹھ بیساکھ اور ساون بھادوں کی جلتی اُبلتی راتوں میں وہ کیسے اندر سو سکتی تھی، پھر بھی شکایت نہ کی۔ مگر عیدو کو خود ہی احساس ہو گیا اور اس نے اصرار کر کے اس کا بستر کوٹھری کے سامنے چھپر کے برآمدے میں لگوا دیا اور پھر جاڑوں میں برآمدے کے ایک گوشے میں اس نے اپنا پیال ڈال لیا اور یہ اس کی مستقل سونے کی جگہ ہو گئی اور برآمدے میں تو خاتون اور بھی چوکنی نیند سونے لگی۔ پھر اتنے عرصے میں شوہر کی نیند اور مرض کے مزاج کی بھی پوری محرم ہو گئی تھی۔ رات کے ہر حصے میں پہلی ہُنکار پر مچھلی کی طرح تڑپ کر بستر سے نکل آتی اور شوہر کی پٹی سے آ کھڑی ہوتی، ایک دفعہ کوٹھری میں آواز دینے کی نوبت آ جاتی تھی۔ مگر برآمدے میں تو جیسے پہلی سانس سن لیتی اور عیدو کے دماغ پر تو فالج نہ گرا تھا۔ اُسے تیمارداری اور خدمت کا شدید احساس تھا..... اس کے ساتھ اپنی زندگی کے پانچ سالہ ازدواجی دنوں کی چہلوں اور ہنگاموں کی یادیں رنگین خوابوں کی طرح علیل خون میں گونجتی تھیں۔ جیسے اسٹیج پر نغمہ ریزی کرتے ہوئے دو مغنی آہستہ آہستہ نغمہ ختم کر کے چلے جاتے ہیں اور، پھر بڑی دور سے میٹھی میٹھی مدھم نسائی آواز مرمریں سامعہ نوازی کرتی رہتی ہے اور اب! اب تو یک طرفہ نغمہ! دوسرا سُر، کن سُرا بھی نہیں، خاموش، گونگا!! اور آج! آج بھی اسے اس کی نوجوانی کے شدید تقاضے معلوم تھے اور وہ خاتون کے ہر پہلو کا آشنا تھا اور سچا محرمِ راز! اور اب تو اسے ایسا محسوس ہوتا کہ جیسے قہر گرانے کے ساتھ اللہ میاں نے اس کے حق میں فرشتہ رحمت بھی نازل کر دیا ہے اور پروگرام کی پہلی شق سے لے کر آخری شق تک رات کو بستر پر لیٹ کر سونے سے پیشتر روزانہ اس کی بند آنکھوں کے سامنے گھومتی، صبح ہی صبح پیشاب پاخانے کے برتن لے آنا اور بٹھا کر رفع حاجت کرانا، پھر تہمد کی گھنڈی لگا کر لٹانا اور پیشاب پاخانہ اٹھا کر لے جانا۔ تھوڑی دیر بعد گرم گرم دودھ کا پیالہ لے کر آنا اور پھر اٹھا کر ہاتھ سے پلانا۔ دوپہر تک ایک دو پیشاب کرانا اور وقت، وقت پر کروٹ بدلوانا، پھر دوپہر کو شوربے یا دال میں گلی ہوئی روٹی لے کر آنا۔ اور کھڑے ہو کر کھلانا..... سہ پہر تک دو مرتبہ پھر پیشاب کرانا اور چار کروٹیں بدلوانا اور پاؤں کمر پر مالش کرنا۔ سر میں تیل ڈال کر کنگھی کرنا۔ جمعہ کے جمعہ گرم پانی ناندھ بھر کر

لانا اور روئی کے گالوں سے تمام بدن پر پھارا پھیرنا۔ سر میں پڑا اور کھلی ڈال کر صفائی کرنا اور نہ معلوم کیا کیا کرنا۔ جتنی "کریں" تھیں سب بیوی ہی کے ذمے تھیں۔ اور شوہر کے سر ایک بھی نہیں اور شاید انہی "کروں" کے شدید احساس سے اس کے ٹھنڈے خون میں رات کے کھانے کے بعد لہری اٹھتی اور اس کے ہاتھ خاتون کے بدن پر ناچنے لگتے۔ اور ہونٹ رخساروں پر پھسل کر ہونٹوں سے جا چپکتے..... نہ معلوم کیوں؟ اور عیدو للا سفر تو تھا نہیں آدمی تھا، آدمی بھی ایک چہارم، اور تین چہارم مٹی کا تودا۔ اگر چہارم بھی آدمی نہ ہوتا اور سب کا سب مٹی کا تودا ہی ہوتا تو بھی کہتے ہیں کہ مٹی کا تودا بھی احساس کر لیتا ہے۔ لیکن اس چہارم آدمی میں ہی پورے چار آدمیوں کی حس تھی اور تین چوتھائی مٹی کے تودے میں بچھو کے ڈنک جیسی سوزش! وہ خوب سمجھتا تھا کہ وہ اس کی روزی کا خود کفیل نہیں، اس کو بڑے بھائی کی محنت سے ملتی ہے۔ اس کی نوجوانی کے لہراتے جذبات کا کفیل نہیں اور شاید اس کی کفالت کسی پر نہیں ہے جو روزی سے زیادہ شدید تقاضا ہے اور وہ بھرا ابھر جوانی چوکڑی بھولی ہرنی ہے ریت کے ٹیلوں میں گم! جسے اپنا راستہ یاد نہیں، بس جستیں ہی جستیں اور تلاش ہی تلاش مقدر ہے..... اور ماگھ پھوس کی ایک یخ بستہ اندھیری رات میں خدمت اور تیمارداری کے احسان کی چٹان کے تلے دبے بیمار و نزار عیدو کی خلاف معمول آنکھ کھل گئی۔ کوٹھری کے دروازے کا ایک کیوڑا بند تھا، دوسرا آدھا کھلا ہوا تھا۔ سامنے برآمدے میں پیال پر خاتون کا بستر تھا، اور جیسے پیال پر اُٹھنے کی سرسراہٹ ہوئی اور پھر برآمدے کی دہلیز پر سایا سا جاتا معلوم ہوا، اور سائے کی حرکت سے عیدو نے اندازہ لگایا کہ خاتون اٹھ کر باہر گئی اور صحن میں دوسری جانب ایک اور سایا بڑھا، اور کہرے اور دھوئیں کی ڈولتی ہوئی متحرک کالی چادر میں لپٹے ہونے کے باوجود اس نے بڑے بھیا کے سائے کو پہچان لیا اور سمجھ گیا کہ شبراتی اپنی کوٹھری سے باہر نکل آیا۔ صحن میں دونوں سائے جمع ہو گئے۔ سامنے کوٹھار کا دروازہ تھا اور جیسے دونوں کوٹھار کی جانب بڑھے اور کوٹھار کی زنجیر اور کیواڑ کھلنے کا مخصوص کھٹکا، جس سے ارد گرد کے کان بچپن سے خوب مانوس تھے اور پھر خواہ کتنے ہی آہستہ کیواڑ بند ہوئے مگر اس کی چرخ چوں تو عیدو کے کانوں میں، پوٹروں میں پڑی تھی..... اور عیدو کی کوٹھری اندھیری تھی، خاتون کا برآمدہ اندھیرا تھا، گھر کا صحن گھٹا ٹوپ تھا اور کوٹھار کی کوٹھری تاریک در تاریک تھی اور عیدو کی علیل نگاہ اپنی کوٹھری کے اندھیرے کو چیرتی، صحن کے اندھیرے کو پھارتی کوٹھار کے کیواڑوں کو توڑ کر اُس پار کی تاریکیوں میں سب کچھ دیکھ رہی تھی اور اندر گرمی کی نمی اور نمی سے جیسے ناک کے نتھنوں پر محسوس ہو رہی تھی، برسات کی سیلن سی، بدبو، بھکراند..... گویا اسکرین پر دو کھیلتی مُورتیں، زندہ! ایک جان اور دو قالب، رونگٹا رونگٹا متحرک، بی متحرک، گرم ہی گرم، گرم اور نم اور اسے ایک جُھر جُھری سی محسوس..... ماگھ پھوس کی ملی جُلی رات میں لُو کی سی جھرجھری!..... مگر وہ تو حرکت سے بھی معذور تھا، گرمی سے بھی محروم..... مگر ناک کے ٹھنڈے نتھنے سے لے کر ناک تک سنسناہٹ ہوگئی..... جیسے کوئی چیز بڑی تیزی سے رینگتی چلی گئی۔ سَن سَن سَنا نا نا۔ سائیں!..... علیل خون میں جوار بھاٹا سا اٹھا اور کنارے دُور کہیں آدھے راستے پہنچ کر مندھا گیا..... لیکن دل تو مفلوج نہیں تھا اور دماغ بھی تندرست تھا، اور دل نے خون کی موٹی دھاریں صاف کر کے دماغ کی جانب اندھا دھند پھینکنی شروع کیں..... اور دماغ نے تجزیہ کیا اور ایک لہر سیدھی نیچے کو بڑھی مگر کر کے پتھریلے بند سے ٹکرا کر واپس آئی، اور جیسے ردِ عمل میں سرسراتے ناگوں کی طرح لہراتی دماغ کی جانب لپکی، اور سینے میں سے گزرتے ہوئے لہراتے سانپ کترا کر جیسے دل کے کسی سوراخ میں جا چھپے اور پھر خون صاف ہو کر سلامت روی کی چال چلنے لگا۔ چند منٹ میں پوری ایک کتاب دل و دماغ کے بجاؤ لے پر مرتب ہو کر سینے کے صندوق میں محفوظ ہوگئی۔ کھٹکے پر کان چونکے، کوٹھار کے کیواڑ کھلے اور بیوی اور بھائی کے سائے پھر صحن میں کانپتے ہوئے معلوم ہوئے، پیال کے تنکے بھن بھنائے اور خاتون کا سایا سامنے بستر میں دبک گیا اور معذور مفلوج کے اندر سوال اُبھرے اور اندر ہی اندر جواب مل گیا۔ "ہوں! جنس کا جائزہ لینے گئے ہوں گے بھاوج جیٹھ کوٹھار میں..... "مگر آدھی رات جنس کے جائزے کا کون سا وقت ہے؟..... "ہوں۔ نہیں نہیں چور کا شبہ ہوا ہوگا..... چوہوں کے کھٹکے پر..... ہوں، اونہہ!"..... اور اس نے آنکھیں بھی بند کر لیں اور لحاف میں منہ بھی ڈھک لیا اور آنکھ بند کرتے ہی صبح کے پیشاب پاخانے سے لے کر نگاہ سوتے وقت کے دودھ کٹورے تک پہنچ گئی، اور پھر زور سے بڑھ کر ہفتوں، مہینوں اور سالوں تک پیچھے دیکھتی چلی گئی اور اُلٹی چل کر پھر اور پھر آگے گئی تو زندگی کا روزگار تھا، تاریک اور لامحدود، اور اس کا کنارہ تو آنکھ پھاڑ پھاڑ کر دیکھنے کے باوجود کہیں

دور، دور دکھائی نہ پڑا، خاتون یا معذوری کا سہارا، بڑھاپے کی ٹیک اور بیماری کی دوا..... اور عیدو دیہاتی، دل اور مجبوری میں سمجھوتا کرا کر سو گیا اور صبح کو بالکل مطمئن اٹھا، جیسے شیر خوار بچہ بیدار ہوتا ہے ماں کے ہاتھوں کا تھپکا میٹھی لوری پر گہری بے خبر نیند سو کر..... اور سورج کی پہلی کرن کے ساتھ تو جیسے اس پر ساتوں طبق روشن ہو گئے۔ خاتون حسب معمول پیشاب پاخانے کا برتن لے کر آئی، اپنی معذوری اور بیماری..... اس کی خدمت اور تیمارداری..... اور پھر جیسے رات کے واقعات کا ہلکا سا سایا سا دماغ کے پردے پر منعکس ہوا اور فوراً ہی معدوم ہو گیا..... خاتون کی بھر بھراتی جوان..... شبراتی کی جاں فشانی..... جو اپنے بل پر اکیلا ذرا سی آبائی زمین کے سہارے پورے کنبے کا بار اٹھائے ہوئے ہے..... اور سب سے زیادہ خود اس کا اپنا بار، چارپائی پر پڑے پڑے! اور وہ اور خاتون دونوں اسی پر تو لدے ہوئے ہیں..... اور پھر، پھر تو وہ یہاں تک جا پہنچا!..... اور اگر شبراتی نے اپنے اوپر خاتون کا پورا بوجھ رکھ بھی لیا تو ایسی کیا بات ہے..... اور سمجھوتہ راسخ تر ہو گیا۔ بار ٹل گیا..... اُدھار چک سا گیا..... دن کا دن چڑھ گیا اور رات کا رات اترتا ہوا قرض صبح کے صبح پاک!

بہار کی ایک نم ناک خنک صبح کو عیدو کی آنکھ جیسے کسی شور پر کھلی..... چ۔ چ۔ چ اچ چھت سے دو چڑے لڑتے ہوئے چارپائی کے برابر زمین پر آ گرے اور گتھ گئے۔ اور چڑیوں کے دو جوڑے ہمیشہ سے چھت میں رہتے تھے اور عیدو کی تنہائی کے رفیق تھے اور عیدو ان میں سے ہر ایک کی جبلت کا پورا محرم اور دن کے سنسان گھنٹوں میں ان کے مشاغل دیکھ دیکھ کر وقت کاٹتا اور دل بہلاتا تھا، دو تین روز بڑے چڑے کی چڑیا غائب تھی۔ شاید کسی اور چڑے کے ساتھ چلی گئی تھی یا باز شکرے نے جھپٹ لی تھی اور چھوٹے چڑے کی چڑیا اس وقت محوِ ناز تھی۔ نیچے پہنچ کر دو منٹ پھدک پھدک کر چونچ پنجوں سے چلتی رہی پھر کشتی ہونے لگی۔ کبھی یہ اوپر کبھی وہ..... کچھ دور پر چڑیا بیٹھی دیکھتی رہی جیسے نتیجے کی منتظر، چارپائی پر پڑا عیدو دیکھتا رہا شاید نتیجے سے باخبر..... اور جیسے دونوں چڑوں کے خون کا جوش عیدو کے سینے میں سنسنایا، چڑیوں کا ذل کا ذل گردن سے رینگ کر کمر کی جانب بڑھتا محسوس ہوا..... مگر آگے تو راستہ بند تھا جیسے کچھ اپنا تھا ہی نہیں، گویا کسی اور کے، شاید شبراتی کے کمر، کولہے، رانیں، پنڈلیاں فٹ تھیں اور اوپر نیچے میں ربط نہ تھا، اور جب اس نے گردن اٹھا کر دیکھا تو چھوٹا چڑا شکست کھا کر فرار ہو رہا تھا، اور دوسری نگاہ ڈالی تو سامنے کھونٹی پر بڑا چڑا اس چڑیا کے ساتھ اختلاط کر رہا تھا..... عیدو نے ایک لمبی سانس لی..... یہ تو گردن سے لے کر دُم تک پورے گریوں والا بھی شکست کھا گیا!..... اور شکست کھانے کی قوت تو تھی اس میں! اور یہاں تو یہ بھی نہیں..... شکست کھا کر بھی شکست کے لیے اسے کسی کی مدد درکار ہے۔ پاؤں سے لے کر کمر تک افتاں وخیزاں نگاہ چڑھی اور جیسے رونگٹے رونگٹے پر ٹھوکر کھاتی کمر پر پہنچ کر چاروں خانے چت جا پڑی، آنکھیں بند ہو گئیں، ذرا دیر میں بھاوج کی گرج اور بیوی کی چنچناہٹ پر کان چونکے، صحن میں دونوں لڑ رہی تھیں۔ شروع شروع میں تو مکالمے گول گول رہے مگر وہ دونوں کے مکالمے اچھی طرح سمجھتا رہا اور لفظ لفظ کی وضاحت اس کے دماغ میں گونجتی رہی، مگر وہ یہی سمجھے رہا کہ دیورانی جٹھانی کی روایتی، تُو تُو، مَیں مَیں ہے..... اونہہ! گھریلو..... دال، آٹے، چاول، گڑ، تیل، گھی کے گرد گھومتی ہوئی لڑائی جیسی گھر گھر میں ہوا کرتی ہے۔ اور اس نے آنکھیں بند کر کے دبیز رضائی بھی منہ پر ڈھک لی۔ اور خیر آنکھیں تو بند کیے بند بھی ہو جاتی ہیں، مگر یہ کان! یہ کان کم بخت تو ہر وقت کھلے ہی رہتے ہیں اور سات تہوں میں دباؤ لاکھ انگلیاں ٹھونسو، ظالم سنتے ہی رہتے ہیں۔ اور عیدو کے کان تو جیسے اس کے دماغ کے اندر کی آوازوں سے پنپنا پنپنا کر بھاوج کا کہا سن رہے تھے۔ اور عیدو کی آنکھیں تو اندھیرے میں بھی دیکھتی تھیں۔ کھلی بند یکساں اور اندھیرے کو نظار میں اور بھی زیادہ اور بھی واضح!..... یہ تو روز روشن تھا! اور بھاوج قیاس اور شبہے پر کہہ رہی تھی مگر عیدو کے کان بھی سن رہے تھے اور آنکھیں بھی دیکھ رہی تھیں..... اور کچھ سمجھائی کو کیا سمجھنا، اور اس نے تو دل تک کو سمجھا لیا تھا، خاتون کے طلائی کمھن سے چکنے چپنے ہاتھ جن میں سہاگ کی چوڑیاں جھنجھناتی ہیں وہ برف کی چوٹی سا سینہ ہے جس میں لاوا ابھر ابھر آتا ہے، ریشم کی پوٹ سی کمر جس میں مچھلیاں سی تڑپتی ہیں اور انھیں کے بل پر کھڑی ہو کر وہ اس کے کیچوے جیسے وجود کو پالتی ہے، اور کیچوا تو نہ سن سکتا ہے نہ دیکھ سکتا ہے..... اور پھر کرنو تا کیچوا تو رینگنے کا بھی اہل نہیں ہوتا، تو وہ پھر کیوں دیکھے اور کیوں سنے۔

مگر کرنو تا، اندھا، بہرا کیچوا تو سب سنتا رہا اور سب کچھ ہوتا رہا اور دیکھتا بھی رہا۔

''ہوں چھنال!..... تیرا تو اللہ نے چھین لیا اور تو نے مجھ پر ہاتھ صاف کیا..... دن دہاڑے۔''

''چپ، چھنال ہوگی تو، آئی بڑی تہمت دھرتی۔'' خاتون نے بڑی مشکل سے جھینپ دبا کر کہا۔

''اچھا رنڈی، تہمت! کیا میں اندھی ہوں؟ اور تو تو اندھلا گئی ہے آگ میں جیسوا۔'' جیسے شبراتی کی بیوی کے منہ سے یکے بعد دیگرے شعلے ہی شعلے نکل پڑے۔

''چل سٹر تصمی..... '' خاتون نے سنبھلتے ہوئے جیسے کسی اور کے حلق سے نکالا۔

''جا جا چھنال! چوری اور سینہ زوری بات کرنے کے قابل ہے تو بھی۔'' دروازے پر شبراتی کی منھارن کی مدھم آواز میں کہا۔

''چھنال تو یا میں، آئی بڑی کوئی وہ بن کے۔'' شبراتی کی چاپ سن کر خاتون نے روبانسی آواز میں کہا.....

اور اتنے میں شبراتی کی شیر جیسی گرج سنائی دی، جس کے لوہے کی لاٹ سے قد میں بھینسے کی طرح مضبوط اور کاٹھیاواری گھوڑے کی طرح تند پڑتی ہوئی ٹانگیں لگی تھیں، جن کی دھمک کے مارے دھرتی پانی چھوڑتی اور پاتال تھر تھراتا تھا۔ جو سب کا کفیل تھا اور ہر بات کا اٹل..... اور کمر تو تا کیچوا بھی تو اسی کی اہلیت کے بل پر بلبلایا کرتا تھا۔

شبراتی کی گرج پر خاتون سہم کر چپکی ہوئی، شبراتی کی بیوی ایک دو دفعہ چیخی چلائی اور پھر بیل ہانکنے کے ہنٹر کے ڈنڈے (آر) کی آواز سنائی دی اور شبراتی کے دونوں بچوں کی چیخ پکار اور بیوی کی آہ و بکا: راد ریس شور ہی شور! اور پھر ڈنڈا پٹنے کی دھما دھم، اور پھر مدھم شور! اور پھر مکمل خاموشی۔

اور یہ روزانہ کا نہیں تو اٹھواڑے میں چار دن کا معمول بن گیا اور ہمیشہ شبراتی کا ڈنڈا بیچ میں پڑ کر بیچ بچاؤ کرا دیتا، اور جب شبراتی کھیت پر ہوتا اور لڑتے لڑتے صبح سے دوپہر ہو جاتی اور دوپہر کو خاتون عیدو کے لیے دودھ روٹی لے کر آتی تو عیدو کی آنکھیں اسے چار نہ ہوتیں، گردن جھکائے ہی جھکائے کٹورا لے لیتا اور ایک دم سڑوپ جاتا جیسے بُرا چرا اڈرا سا اور کھا پی کر بغیر رکی ہوں، وہاں کے لیٹ جاتا اور آنکھیں بند کر لیتا، مبادا خاتون کہیں آج کی لڑائی کی بات چھیڑ دے.....

اور بات تو کوٹھار سے نکل کر پہلے شبراتی کی بیوی کی کوٹھری میں پہنچی تھی اور جب وہاں شبراتی کا لنگوڑی، استر، جوتا ختم نہ کر سکا تو نکل کر صحن میں ناچنے لگی۔ اور اس ناچ کو شبراتی کا ڈنڈا بھی نہ روک سکا اور سب گھر والوں نے حتیٰ کہ ذہین اور تیز گوش قسم کے پڑوسیوں تک پہنچ چکی تھی البتہ عیدو کے منہ در منہ نہ پہنچی تھی، مگر سب کو یک گونہ حیرت ہوئی اور سب سے زیادہ عیدو کو، بات تو بدستور چلتی رہی مگر شبراتی کی بیوی خاموش ہوگئی اور چھ مہینے روز روز کی چخ چخ اور دھائیں دھائیں کے بعد اس کی یہ سکون کی کیفیت حیرت زدہ تھی۔ حتیٰ کہ اب شبراتی کے کوٹھرے سے بھی یہ بھوت چڑیل کے چیخنے کی آوازیں نہ آتیں۔

شبراتی کی بیوی کی پہاڑی اٹل نسائیت کا بڑا اقتصادی مصلحت کے ساتھ سمجھوتا ہوا، اگرچہ ان کی عورت والی جبلت اندر ہی اندر رلادے کی طرح پکتی رہی مگر خارجی طور پر پرسکون سا رہا اور مصلحت کا پلڑا تو ہمیشہ سے بھاری رہا ہے اور وہ بھاری بھرکم پن کے ساتھ سب کچھ برداشت کرتی رہی جیسے کسی خاص مطمح نظر کے تحت خونی آنکھوں سے سب کچھ دیکھ کر بھی اندھی رہی، اور لالچ تو اندھا کر دیتا ہے اور بہرا اور گونگا بھی، اور آبائی زمین سے تو بڑی محبت ہوتی ہے اور شبراتی نے آبائی زمین داری کا سبز باغ اس کے دونوں لڑکوں کے حق میں دکھایا، اور عیدو اور خاتون کو نکال دینے سے آدھی زمینداری نکل جانے کا خطرہ ظاہر کیا..... اور زن، زر، زمین کے روایتی جذبات پر زمین کا لالچ غالب آیا اور اولاد کے مستقبل کے لیے ماتاؤں نے بڑی بڑی قربانیاں دی ہیں اور ان میں سے ایک یہ بھی تھی۔

مگر آج آثار شدید تھے جیسے چھیوں مہینے کے شور آج ایک دم صحن میں پھٹ پڑے تھے۔ خاتون تو خیر علیحدہ تھی۔ آج منہ در منہ اور اس کی بیوی میں ہو رہی تھی۔ اور خلاف معمول شبراتی ڈھیلا اور بیوی تنی ہوئی تھی..... تھوڑی تو تو، میں میں کے بعد شبراتی دروازے سے نکل گیا اور شبراتی کی بیوی گلے میں رسی ڈال کر چھپر کے شہتیر میں لٹکنے لگی۔ بچوں نے دوڑ کر شور مچایا اور چوپال سے اٹھ کر شبراتی اندر بھاگا اور خیریت گزری کہ وقت پر آ گیا اور ابھی لٹکنے نہ پائی تھی کہ گلو خلاصی کر کے پکڑ لیا، تو دیواروں سے زور زور سے سر ٹکرانے لگی۔ اور آج پہلی مرتبہ شبراتی نے اپنا ڈنڈا کھٹل محسوس کیا اور پھانسی اتارتے گلے پر ڈنڈا تو ڈنڈا انگواریں بھی کٹھل ہو

جاتی ہیں۔ اور شبراتی نے ہمشیہ لات سے اتارنے والا بھوت بات سے اتارنا چاہا اور پھانسی کے پھندے سے نکلی ہوئی عورت کے رونگٹے رونگٹے سے زخمی شیرنی کی سی چنگاریاں چیخ پڑیں اور شبراتی کے "کیوں کیوں، کیا بات ہے! کے رٹی سوال جواب میں جیسے چھ مہینے کی سیکڑوں خاموش عورتیں جاگ پڑیں۔ "تو نہیں مانتا کیا بات ہے! تیری وہ ہوتی سوتی تو سب جانتی ہے نگوڑی چھنال نے تجھے یہ نہیں بتایا پانچ مہینے بیت گئے جیسوا کو اور تو تو میری چھاتی پر سال بھر سے دکھ دکھاتے مونگ دل رہا ہے بھلا چھنالا کہیں کلنکار!"

'اور پانچ مہینے بیت گئے' سن کر تو ایک دفعہ شبراتی اچھل پڑا کچھ کہتے بن نہ پڑی، سٹ پٹا کر سکلا، چور ضرور تھا مگر کوتوال سے ساز باز کیے ہوا چور تھا۔ ڈھٹائی کے ساتھ بولا۔

"جھوٹ بالکل جھوٹ بکتی ہے"

"میں جھوٹ بکتی ہوں۔ کل سب پر کھل جائے گا۔ اور دور کیوں جاؤ اپنی اس نگوڑی جیسوا سے پوچھ لو اور پوچھ بھی کا ہے کو لو، دیکھ لو نا! وہ سامنے کھڑی ہے چھنال، مٹکا سا پیٹ لیے"..... اور خاتون مظلومیت کے انداز میں پکھے کی آڑ پکڑنے لگی جیسے کوئی پھنسا ہوا چور..... اور کن انکھیوں سے اس جانب دیکھ کر شبراتی اچھی طرح سنبھل گیا اور ڈھٹائی کے ساتھ بولا۔

"تو ہی نچی! چل! تو کیا بات ہے!"

اور جیسے شبراتی کی بیوی کے نتھنوں سے سانپ پھنکار پڑے۔ "چل چھنالے مکار، جھوٹے، فریبی اور سال بھر سے مجھے دم دلاسے دے رہا ہے، بتا تیرے میرے بیچ کیا بات ہوئی تھی جو میں سال بھر سے منہ سیے بیٹھی بھیتر بھیتر پھنک رہی ہوں اور تو گل چھرے اڑا رہا ہے۔"

"کیا بات ہوئی تھی؟" شبراتی نے اپنے ڈھیلے انداز کو جھٹکے دار لہجے سے سہارا دیتے ہوئے کہا۔

"ہوں........ "اور جیسے سر سے پاؤں تک ناگنیں ہی ناگنیں لہرا پڑیں۔ ادب لحاظ، تمیز، میاں بیوی سب رشتے کٹ ہی گئے تھے جواب طلبی ہی جواب طلبی تھی۔ "آج کیسا بہرہ بنتا ہے، موا مکار سال بھر سے مجھ رنڈیا کو دم دلاسے دے رہا ہے کہ باپ کی سب جائیداد تیرے لڑکوں کو ملے گی اور میری آنکھوں میں تکلے گھونپ گھونپ کر سامنے....."

"تو کیا عیدو باپ کا بیٹا نہیں، ڈھٹائی اور عذر لنگ کے سہارے جیسے شبراتی نے بات بدلنی چاہی۔

اور جیسے شکاری کتا خرگوش کو بھنبھوڑ کر پھینک دیتا ہے "چل چل دور ہو مت بنے! جھوٹے، سب معلوم ہے، کون کون حرامی باپ کا ہے اور تو کیا جانے گا زانی کار، حرامی بچے! تیری اماں چھنال کو بھی معلوم تھا حلال کیا ہوتا ہے، مٹے چھنالے! نگوڑے پاپی! موئے کتے! اب بتا جو تو نے سال بھر سے مجھے دم دلاسے دیے۔" اور سوتیا ڈاہ کا جوالا مکھی بھڑ بھڑا کر لاوا اگل رہا تھا۔ مگر سال بھر کی ڈھیل میں شبراتی کی ڈھٹائی چٹان کی طرح بے حس اور اٹل ہو گئی تھی، کچھ شوخی اور بے حیائی کے ملے جلے انداز میں کہتا ہوا باہر نکل چلا گیا "خیر یہی سہی" مجھے اس سے کیا، مرے تو تینوں کو ملے گی۔"

.. شبراتی کے پیٹھ پھیرتے ہی چھتوں اور چھتریوں پر گلبریوں اور چھپکلیوں کی طرح چپکی پڑوسنیں صحن میں اتر آئیں، اور بات تو سب ن ب نہ جانے کب سے جانے پڑی تھیں، آج نیا شگوفہ کھلا تھا، نیچے آتے ہی تجاہل عارفانہ سے دوطرفہ سوالات جوابات کا روغن چھڑکا اور بھنیاں پھر بھڑک اٹھیں، ایک ہنسوڑ نیم قہقہے لگا .. تھی، دوسری 'خر ی جننے پر مخصوص سنجیدگی سے ڈانت رہی تھی، تیسری بول پڑی "گھر بیٹھے آیا پوتا، بویا نہ جوتا۔ کوئی ٹھنڈی پنچائتیں بوئی ..ی۔ "بویا نہ جوتا کیوں ہوا؟ اس کا تو سات ہاتھ کا خصم بیٹھا ہے۔ جب تک ایک بڑ بوڑھی نے لقمہ دیا "بیٹھا کہاں ہے، بھن لیتا ہے جبھی تو.....!" اور آنکھ مار کر شبراتی کی بیوی کی جانب اشارہ کیا اور شبراتی اور عیدو کی بیویاں غراتی بلیوں کی طرح لڑتے لڑتے غث پٹ سی ہو گئیں۔ یہ بیگی وہ بھی اور برآمدے میں ہٹی اور بات "ڈرگس ڈران" سے بڑھ کر "بلیل پوائنٹ" پر پہنچ گئی، دنادن ہونے لگی، برآمدے کی دہلیز پر پہنچ کر شبراتی کی بیوی بڑے تڑاخ کے ساتھ بولی "نہیں آج تمھوا کو چھوڑوں گی۔ "اتنی بیچ بیبیوں کے سامنے منہ پہ جیسوا چھنال بارہ تالی سے!" اور پھر زہر کا سا گھونٹ بھر کہا کہا۔ بتا چھنال بتا! یہ کہاں سے لائی؟ رنڈی! اور ایک دم برآمدے میں بڑھی، خاتون بے چاری دو قدم پیچھے

ہنی اور عیدو کی کوٹھری کے دروازے پر پہنچ گئی۔ عیدو تو بڑی دیر سے سب کچھ خاموش پڑا سن رہا تھا، اور یہ تو عورتوں کی لڑائی تھی۔ دھڑ مارا پاج کیا بولتا! لیکن جب بڑھتے بڑھتے اس کے بستر تک پہنچ گئی تو کمر کولہے ہی تو مفلوج تھے۔ زبان، حلق پر تو لقوا نہ گرا اور شبراتی کی بیوی نے جس وقت ایک قدم چوکھٹ کے اندر بڑھا کر منہ سے ایک شعلہ سا نکالا ''نہیں آج کہلوا کر چھوڑوں گی چھنال سے، بول کبھی اپنے تکے کا نہیں ملا تو میرے کا رکھ لیا، ایسی لات ماروں گی جو پلی سے نکل کر جا پڑے'' تو جیسے عیدو کے اس کولہے سے اُس کولہے تک کرنٹ نے شاک مار دیا۔ وہ تلملا کر جاگ پڑا۔ سیلی بارود کے تودے پر انگارا سا آپڑا، منہ سے غلیظ دھواں نکلا اور گویا کمر کا مفلوج غرّ یا چناخ سے بولا ''تو بھی نکما کہتی ہے ستی ستا! ذرا گریبان میں مُنہ ڈال کر تو دیکھ! ابھی تو عیدو کی آنکھیں کھلی ہیں کہے تو بال بال بین کر رکھ دوں۔ سب بھول گئی نیک بخت!'' اور پھر مخصوص انداز میں لہجہ بدل کر کہا۔ ''اس کا خیر آج شبراتی کا ہے پھر میں نکما نہ ہوتا تو تیرے دونوں کہاں سے آتے؟ کچھ یاد ہے، کل کی سی تو بات ہے.....''

اُدھر عیدو کے ڈھیر میں سے گویا دو مردوں نے تن کر بیوی کو پاک دامنی کی چادر میں ڈھانپ لیا۔ اِدھر خاتون سینہ دندناتی برآمدے میں آپڑی اور شبراتی کی بیوی ایک دھکّے سے اُلٹ کر باہر صحن میں جا پڑی، آواز حلق میں بند ساری اکڑ فوں ڈھیلی غصہ کافور، یا تو لال بھبھوکا ہو رہی تھی، یا پیلی پٹکا پڑ گئی، آنکھیں اپنے آپ جھک گئیں اور کڑی سی چاٹنے لگی۔ جیسے عیدو نے اس کے سر پر گُو سے بھرے ہوئے دو گھڑے دھڑ سے ٹکرا کر پھوڑ دیے..... اور خاتون صحن میں بیچ بیبیوں میں گرج رہی تھی..... ''لے حیادار جب تو نہیں اب کھا پھانسی!..... لونڈے گھیرنی بڑی ناک والی ہے تو لٹک جا.....'' اور حقارت کے ساتھ ہونٹ پچکا پچکا کر پڑوسنوں سے داد طلب کر رہی تھی، جب تک ذہین تیز پڑوسنیں بات لے اڑیں۔

'ہے ہے بیبیو! بُرا زمانہ ہے۔'

'چودھویں صدی ہے چودھویں! حرام حلال ہے حلال حرام!'

'ارے جس کا باپ زندہ اسے کون حرامی کہے!'

'اور بوا کسی کے کہے کوئی حرامی ہو جاتا ہے؟'

'اے لو بہن وہ تو پچھلی پولیس کھول رہا ہے، اور اب تو معلوم ہے گور میں پاؤں لٹکائے بیٹھا ہے۔'

'ہاں بیبیو! اللہ جانے تین برس تو منہ پر مونچھیں رکھوائے کنوارا ہتھیار ابھاوج کے کولہے لگا کھاتا رہا تھا۔'

'ہوں، بہن! تین چار برس بھر کے کمائی کھائی تو مُرے جیون بُرے حوالوں کہیں جا کر چوتھے برس بیاہ منگنی کی بات اٹھائی۔'

'ہاں ہاں سو اُس وقت سب سمجھے، دیور کے مال کمائی حصہ بانٹ کے مارے بسورتی ہے،'

'ہاں بی بی، ہم بھی یہی سمجھے تھے مال کھا رہی ہے کنوارے دیور کا اس لیے بیاہ منگنی نہیں پٹنے دیتی، لو آج گل کھلا!'

'کچھ مت کہو بیبیو توبہ کرو توبہ! چودھویں صدی ہے چودھویں، شیطان سوا پلک مارتے ہی ڈگاتا ہے۔'

'اور دیکھ لو نا آج اس بے چاری خصم والی پہ کیسے دندنا دندنا کر چڑھ چڑھ بیٹھتی تھی اور اپنی سب بھول گئی نطفہ لپک!'

'دھوئی دھائی چنداسی'

'کیوں ناز مانہ سیدھا ہے آج، مسٹنڈے خصم والی جو ہے لمبی ناک ہے اور چنداسے بیٹوں کی اماں ہے،' (قہقہہ لگایا)

'پھر آج پونچھ جڑ سے لی اس لچے نے!'

اور شبراتی کی بیوی کٹی پتنگ کی طرح ڈولتی ڈولتی اپنے کوٹھارے میں چلی گئی اور بڑے زور سے پٹخ کر کیواڑ بند کر لیے اور کیواڑوں کے دھماکے پر سب پڑوسنوں نے ڈراپ سین والا قہقہہ لگایا اور جو کچھ باقی رہ گیا تھا، وہ بڑبڑاتی اپنے اپنے گھروں کو چلی گئیں۔

شام کو خاتون کوٹھری میں آئی عیدو پر چھائی ہوئی سی، جیسے جیسا کہ جیٹھ کی گرمیوں میں بیچ در بیچ آکاش بیل شاداب ہو کر گوبند کی صورت چڑھی ہوئی سوکھے سوکھے چوسے ہوئے درخت کی ٹھٹھرائی پتیوں اور اینٹھی اینٹھی روڑی بے جان سی شاخوں کو ڈھانپے ہوتی ہے۔ قدم مٹھی بھر کھنچا ہوا سا، سینہ پیٹ سے آگے ابلا پڑتا اور پیٹ سینے سے آگے جاتا تھا اور کولہوں پر تو

جیسے دو دنبیوں کی چکتیاں، تھل تھلا کر کپڑوں سے باہر نکلی پڑتی تھیں۔ عیدو نے اوپر سے نیچے تک بھانپا، دائیں سے بائیں تک پرکھا اور وہ خاتون کے جوڑ جوڑ، بند بند کا آشنا تھا، پانچ سالہ محرم راز اور تین سالہ رفیق حیات..... اندر سے باہر تک دیکھ کر اندازہ کیا کہ خاتون بند توری کی طرح پھول رہی ہے۔

اینڈتی اکڑتی، لال لال بیر بہوٹی جیسے پھل سے لدی ہوئی..... گلابی رخساروں پر برستا کی شفق پھوٹ پڑی ہے اور پنکھڑی سے ہونٹوں پر یاقوت کی پھونس تڑپ رہی ہیں، اور سراپے میں بجلی سی لہرا لہرا جاتی ہے، بشرہ کا برنی جیسا تخوص اختسار اطمینان اور سکون سے بڑھ کر بانکپن اور استغنا تک پہنچ رہا ہے جیسے ابھی ابھی نیند سو کر دو چار انگڑائیاں لے کر آ کھڑی ہو۔

عیدو نے کچھ عجیب سی نگاہ ڈالی، اور خاتون نے آنکھوں ہی آنکھوں میں الھڑپن سے جواب دیا مگر جیسے اس کا جواب الٹا ہو کر اس کے منہ پر پڑا..... اور عیدو نے نہ معلوم کیا سوچ کر بال کی نوک سے لے کر پاؤں کی انگلی تک نشیب و فراز کا جائزہ لیا اور اپاہج نظریں والوں کے گھونگھر سے ٹکرا کر چمکتی پیشانی سے پھسلتی رخساروں اور ہونٹوں کے پیچ و خم میں ناچتی آہستہ آہستہ صراحی دار گردن سے گھوم کر اترتی اور سینے کی گولائیوں اور بازوؤں کے اتار چڑھاؤ میں چکرا گئیں اور وہاں سے قلابازی کھا کر کمر کے کولہوں کے گداز میں پھنستی لڑکھڑاتی رہیں اور پھر! بھٹک بھٹکا کر جب پیٹ کے "پرمعنی" ڈھلاؤ پر پہنچیں تو جم کر رہ گئیں۔ بجیتری پھسلائیں نس سے مس نہ ہوئیں۔ اور عیدو نے دیکھا کہ خاتون انگیٹھی سی دہک رہی ہے۔ انگارے ہی انگارے بھرے اور جیسے جوہڑ کے گدلے پانی کو شفق کا عکس چمکا دیتا ہے اور عیدو کی علیل آنکھوں کے دھندلے آئینے پر خاتون کی تمام سرخیاں مچل پڑیں..... اور اس وقت تو وہ عیدو کے لیے دودھ ملائی لے کر آئی تھی۔ تمام دن لڑائی کی بھینٹ چڑھا تھا، نہ دوپہر چولہا گرم ہوا تھا، نہ اب..... گھر بھر میں کسی کے منہ پر اڑ کر کھیل نہ گئی تھی۔ صبح کا ایک کٹورا دودھ پیے عیدو تمام دن یوں ہی پڑا تھا..... شام کا دودھ دوہ کر شبراتی خاموشی کے ساتھ رکھ کر باہر چلا گیا تھا۔ اور وہ تو انوائی کھٹوائی لیے اندر پڑی تھی۔ خاتون نے چپکے سے دودھ گرم کیا۔ جلدی جلدی دو روٹیاں پکائیں اور کھانڈ ملا کر ملیدا کیا اور دودھ میں ڈال کر لے آئی..... کٹورا برابر تپائی پر رکھا، اور معمول کے مطابق اٹھنے کو سہارا دینے کے لیے عیدو پر جھکی، ار ایک ہاتھ گردن کے پیچھے دوسرا کمر کے نیچے ڈال کر حسب معمول سہارا دیا، اور سہارا دیتے وقت دونوں کے چہروں میں تین چار انچ کا فاصلہ رہ جایا کرتا تھا اور آنکھ ایک دوسرے سے الجھ سی جایا کرتی تھی، اور عیدو کی آنکھوں میں تو شعلے سے لپک اٹھے۔ نتھنے پھول گئے، کنپٹیاں پھڑک گئیں اور بیمار، مفلوج، اپاہج بستر مرگ کی ارزل ترین سطح سے اُچک کر زندگی کی ان ہیبت ناک بلندیوں تک جا پہنچا جہاں ملک الموت کے بھی پر جلتے ہیں، عیدو کے اندر کا مرد پھنا، تاثم بم کی طرح تند اور تلوار کی طرح تیز تین سال کی معذوریوں اور مصلحتوں اور سمجھوتوں کا تھپکا مرد! اور بیٹھ کر سیدھے ہوتے ہوتے غوں، غاؤں، غپ!! خاتون کا سر عیدو کے ہاتھوں کے شکنجے میں تھا اور پتلی کھڑی ناک جبڑوں میں! اور جیسے عیدو کے جبڑوں میں نونہاروں کا زور سمٹ آیا تھا، اور خاتون کے ہونٹوں پر اس کی تھوڑی کی ڈاٹ لگ گئی تھی، بے چاری کی چیخ بھی منہ سے باہر نہ نکل سکی اور جب کچ کچ گاجر کی طرح چبا کر پوری ناک نکل گیا تو خاتون کا چہرہ گرفت سے اپنے آپ آزاد ہو گیا۔

○○○

احمد علی

# ہماری گلی

میرا مکان پنڈت کے کوچہ میں تھا۔ میرے کمرے کے دروازے میں دو پٹ تھے۔ نیچے کا حصہ بند کردینے سے صرف اوپر کا حصہ ایک کھڑکی کی طرح کھلا رہ جاتا تھا۔ یہ کھڑکی پتلی سڑک پر کھلتی تھی۔ سامنے مرزا دودھ والے کی دکان تھی اور میرے دروازے کے برابر صدیق بنئے کی اور اس کے برابر عزیز خرادی کی اور آس پاس کباڑوں کی دکانیں، عطار کی دکان، پان والے کی اور دو چار اور دکانیں تھیں۔ مثلاً قصائی کی، بساطی کی، حلوائی کی دکان۔

ہمارے محلّے سے ہو کر لوگ دوسرے محلوں میں جا سکتے تھے۔ اس لیے سڑک برابر چلا کرتی تھی۔ اور اس طرح کے لوگ راستہ بچانے کے لئے میری کھڑکی کے سامنے سے گذرتے کبھی کوئی سفید پوش گرمی کی چلچلاتی دھوپ میں چھتری لگائے ہوئے چلا جاتا۔ کبھی شام کو کوئی ولایتی منڈا اپنے انگریزی ٹوپی لگائے چھڑکاؤ کے پانی سے بچتا ہوا۔ اپنے کپڑوں کو چھینٹوں سے بچاتا، بچوں اور لڑکوں سے کتراتا ہوا اور ان کے گھورنے پر غراتا اور آنکھیں نکالتا ہوا گزر جاتا۔ کبھی کبھی کوئی راہگیر عاجز آ کر لڑکوں کو مارنے کے لئے لکڑی یا چھڑی اٹھاتا اور بھاگ کر لڑکے چلاتے ''لولو ہے بے، لولو ہے''۔ پھر مرزا دودھ والے کی بھرّائی ہوئی آواز سنائی دیتی۔

''ابے لونڈو! کیا کرتے ہو؟ تم کو گھروں میں کچھ کام نہیں؟ اور اگر کوئی پاس بیٹھا ہوتا تو مرزا اس سے کہنے لگتا۔ ''ان کی ماؤں کو تو دیکھو۔ لونڈوں کو چھوڑ رکھا ہے کہ سانڈ بیلوں کی طرح گلیوں میں رولا مچایا کریں۔ حرامزادوں کو گالی گلوچ اور دھینگا مشتی کے علاوہ اور کچھ کام ہی نہیں۔''

اور مرزا کی چھوٹی چھوٹی سرخ آنکھیں چمکنے لگتیں اور اپنی سفید نکونی داڑھی پر ایک ہاتھ پھیرتا اور کسی خریدار کی طرف مخاطب ہو جاتا اور کونڈے میں سے دہی یا کڑھاؤ میں سے دودھ نکال کر ملائی کا ٹکڑا اڑالتا اور خریدار کی طرف بڑھا دیتا۔

لوگ کہتے تھے کہ مرزا کی رگوں میں شریف خون دورہ کرتا ہے، لڑکپن میں سبق یاد نہ کرنے پر اس کے باپ نے اس کو گھر سے نکال دیا اور کچھ روز مارے مارے پھرنے کے بعد اس نے دکان کر لی۔ اس کے بعد اکثر اس کے باپ نے اس سے معافی بھی مانگی اور خوشامد بھی کی لیکن مرزا نے شادی کر لی اور اس کا کام چل نکلا۔ اس کی دوکان کے چھوٹے چھوٹے ملائی کے پیڑے شہر بھر میں مشہور تھے اور اس کا دودھ بہت لذیذ ہوتا تھا۔ رات کو کوئی دودھ لینے آتا تو وہ اس کو آب خورے اور لٹیا میں خوب اچھالتا یہاں تک کہ اس میں سے جھاگ نکلنے لگتا۔ چمچے سے ملائی کا ٹکڑا اس صفائی سے توڑتا کہ دودھ ہلنے تک نہ پاتا تھا۔ اکثر اس کی بیوی دکان پر بیٹھتی تھی۔ وہ بوڑھی ہو گئی تھی..... اس کے چہرے پر جھریاں پڑی ہوئی تھیں۔ اس کی کمر جھک گئی تھی اور منہ میں ایک دانت باقی نہ تھا۔ اس کی اونچی پیشانی اور اس کے گورے رنگ سے معلوم ہوتا تھا کہ وہ کسی اچھے گھرانے کی عورت ہے۔

لیکن اب ان کا کاروبار کم ہو گیا تھا کیونکہ ضعیفی کی وجہ سے وہ زیادہ محنت نہ کر سکتے تھے۔ ان کا اکلوتا بیٹا مر چکا تھا اور اب ان کا ہاتھ بٹانے والا کوئی نہ تھا۔ ترک موالات کے زمانے میں جب آزادی کا خیال ملک میں ادھر سے ادھر تک ہل چل مچائے تھا، مرزا کا لڑکا اپنے دوستوں کے ساتھ جلوس میں شریک ہوا۔ گاندھی جی کی جے اور بندے ماترم کے نعروں سے فضا گونج رہی تھی۔ گھنٹہ گھر پر گوروں کی فوجیں مسلح کھڑی تھیں، کپتان پولیس، ڈپٹی کمشنر اور چند اور انگریز کھڑے تھے اور لوگوں کے ہجوم اور قومی غصہ کو پریشانی سے دیکھ رہے تھے۔ لوگ آگے جانا چاہتے تھے لیکن فوجیں ان کو آگے جانے سے روک رہی تھیں۔ لوگوں نے آگے بڑھنے کی کوشش کی اور ڈپٹی کمشنر نے گولی چلانے کا حکم دے دیا۔ گولیوں کی بوچھاڑ میں بہت سے لوگ کام آئے اور مرزا کا بیٹا بھی مرنے والوں میں تھا۔ بڑی دیر کے بعد جب لاش لے جانے کی اجازت ملی تو لوگ مرزا کے لڑکے کی لاش کو اس کے گھر لائے۔

ساری دکانیں بند تھیں اور محلّہ میں سناٹا چھایا ہوا تھا۔ جاڑوں کی دھوپ مردہ اور سرد معلوم ہوتی تھی۔ نالیوں میں صفائی نہ

ہوئی تھی اور ان میں سڑاند پھوٹ رہی تھی۔ جب لاش گھر میں آئی تو مرزا اور اس کی بیوی سکتے کے عالم میں رہ گئے۔ ان کو کسی طرح یقین نہ آتا تھا کہ ان کا بیٹا جو ابھی زندہ تھا، ہنس بول رہا تھا، جس نے صبح ہی پیڑے تیار کیے تھے، کڑھاؤ مانجھا تھا۔ جو کپڑے بدل کر اپنے کسی دوست سے ملنے گیا تھا اب زندہ نہیں ہے بلکہ مر چکا ہے۔ وہ بار بار خون میں لتھڑی ہوئی لاش کو دیکھتے تھے اور مرزا کی بیوی لاش سے لپٹ کر پھوٹ پھوٹ کر رو رہی تھی۔ لوگوں نے اس کو الگ کرنے کی کوشش کی لیکن وہ ایک منٹ کے لیے لاش سے علیحدہ نہ ہوتی تھی۔ وہ "ہے ہے میرا لال" کہہ کہہ کر روتی تھی اور کبھی کبھی اس کے منہ سے چیخ نکلتی اور وہ چلاتی:

ان فرنگیوں کو خدا غارت کرے۔ میرے لال کو مجھ سے چھین لیا۔ خدا کرے کہ یہ غارت ہوں۔"

مرزا پاگلوں کی طرح کبھی گھر کے اندر کبھی باہر بولایا ہوا پھرتا۔ صدیق بنئے نے اپنی دکان کھولی تھی اور مرزا جو بال بکھیرے ہوئے ادھر سے گذرا تو کسی نے آواز دی اور پوچھا۔ "بھائی بڑا افسوس ہوا حادثہ کیا پیش آیا؟"

مرزا کی آنکھوں میں ایک آنسو باقی نہ تھا لیکن اس کے سارے چہرے پر کرب کی حالت تھی۔

"تقدیر پھوٹ گئی۔ میرا پلا پلایا لڑکا جاتا رہا۔" یہ کہہ کر مرزا گھر کی طرف چلا گیا۔

گاہک جو کھڑے ہوئے تھے پوچھنے لگے کیا ہوا۔ صدیق نے جھک کر دیکھا۔ اسی وقت ہوا کا ایک تیز جھونکا آیا اور سڑک پر گرد و غبار اڑنے لگا۔ ایک کاغذ کا ٹکڑا ہوا میں اٹھا اور کچھ دور اوپر جا کر الٹتا پلٹتا نیچے کی طرف گرنے لگا۔ مرزا کے پھٹے بال ہوا میں اڑ رہے تھے اور وہ گلی میں غائب ہو گیا۔

"ہوا کیا۔ ترک موالات کرنے گیا تھا، گولی لگی اور مر گیا۔ نہ جانے اپنے کام میں دل کیوں نہیں لگاتے۔ سرکار کے خلاف جانے کا یہی نتیجہ ہے۔ کڑا جوان تھا۔ ان دوزخ کے چھونٹوں اور کھدر پوشوں کا شکار ہو گیا"۔

یہ کہتے کہتے صدیق نے ایک مٹکے میں کفگیر ڈالا۔ بہت سے مٹکے دیوار میں گڑے ہوئے تھے اور گاہک کی طرح معلوم ہوتے تھے۔ کفگیر میں دال نکال کر صدیق نے گاہک کی طرف بڑھائی۔ گاہک جو بے غوری سے صدیق کی باتیں سن رہا تھا۔ دال کو اپنے کپڑے میں باندھنے لگا۔ یکایک اس کی نگاہ دال پر پڑی اور بولا۔ "وا میاں باشا! یہ کون سی دال دے رہے ہو میں نے تو ارہر کی مانگی تھی۔ ذری پھرتی کرو۔ مجھے دیر ہو رہی ہے۔ بیوی بکے گی۔"

گھر میں مرزا کی بیوی اپنا سر دے دے مار رہی تھی اور بین کر کے روتی تھی اور انگریزوں اور گاندھی کو کوستی تھی۔ یامین کی ماں کو جب اس حادثے کی خبر ملی تو وہ پرسے کے لیے آئی۔ اس کا جوان لڑکا بھی دیوار کے نیچے دب کر مر گیا تھا اور وہ اس کے ننھے بچوں کو سلائی کر کے پالتی تھی۔ دونوں گلے مل کر خوب روئیں اور مرزا کی بیوی کو ذرا تسلی ہوئی...... آخر کار لڑکے کو دفن کرنے لے گئے۔ رات اندھیری تھی اور بے بسی تاریکی کی طرح سارے محلے میں پھیلی ہوئی تھی۔ ہوا سرد تھی۔ اور محلہ میں سیل کی وجہ سے جاڑا زیادہ معلوم ہوتا تھا۔ لیمپوں کی دھیمی روشنی میں محلہ بھیانک اور ڈراؤنا معلوم ہو رہا تھا اور سڑک پر کوئی جاندار چیز دکھائی نہ دیتی تھی۔ صرف مرزا کی دکان کے اندر کئی بلیوں کے غرانے اور کھڑ بڑ کی آواز آ رہی تھی۔

اس واقعہ کے کچھ عرصہ بعد تک اکثر مرزا کی بیوی کے گانے کی آواز آیا کرتی تھی:

گئی یک بیک جو ہوا پلٹ، نہیں میرے دل کو قرار ہے

لیکن پھر وہ خاموش رہنے لگی اور کام کاج میں مشغول رہتی۔

میرے مکان کی ڈیوڑھی میں ایک پرانا کھجور کا درخت تھا۔ ایک زمانے میں اس میں پھل لگا کرتے تھے اور شہد کی مکھیاں غذا کی تلاش میں نیچے اتر آتی تھیں۔ اس کی بڑی ڈالیوں پر اکثر جانور آ کر بیٹھتے اور بھولے بھٹکے کبوتر راتوں کو بسیرا کر لیا کرتے تھے لیکن اب اس کے پتے جھڑ گئے تھے، ڈالیاں گر چکی تھی اور اس کا تنا سیاہ اور بد ہیئت رات کی تاریکی میں اس بانس کی طرح کھڑا رہتا جو کھیتوں میں جانوروں کو ڈرانے کے لیے گاڑ دیا جاتا ہے۔ اب نہ اس میں جانور منڈلاتے تھے، نہ شہد کی مکھیاں اس طرف آتی تھیں۔ کبھی کبھی کوئی کوا اس کے ٹھنٹھ پر بیٹھ کر کائیں کائیں کرتا اور اپنا گلا پھاڑتا یا کوئی چیل اس پر ذرا دیر کو چلاتی اور پھر اڑ جاتی۔ صبح کو بڑھتی ہوئی روشنی میں تنا آسمان پر چمک اٹھتا تھا لیکن شام کو فضا کی بڑھتی تاریکی میں آہستہ آہستہ نظروں سے اوجھل

ہوجاتا اور رات میں مل جاتا۔ رات کو اکثر گھر داخل ہوتے وقت میری نگاہ اس موٹے اور بھیانک تنے پر پڑتی پھر اس کے ساتھ ساتھ اٹھتی آسمان پر جاتی۔ تارے چمکتے ہوتے تھے اور ٹھیک اس کے سرے پر بنات النعش کا آخری ستارہ مجھ کو دکھائی دیتا تھا لیکن وہ تنا میری نگاہ اور آسمان کے درمیان حائل ہوجاتا اور میں تاروں کے پھیلاؤ کو نہ دیکھ سکتا۔

محلے میں اکثر ایک پاگل عورت آیا کرتی تھی۔ کسی نے اس کے بال کاٹ دیئے تھے اور اس کا سر اس کے توانا اور بھاری جسم پر ایک اخروٹ کی طرح معلوم ہوتا تھا۔ خدا ترس لوگ کبھی کبھی اسے کپڑے پہنا دیا کرتے تھے لیکن چند گھنٹوں کے بعد وہ پھر ننگی ہو جاتی تھی۔ یا تو کوئی کپڑوں کو اتار لیتا یا وہ خود ان کو پھاڑ کر پھینک دیتی تھی۔ اس کے منہ پر ہمیشہ رال بہا کرتی اور اس کے ہاتھ ہمیشہ اکڑے ہوئے رہتے۔ وہ ہمیشہ مٹک مٹک کر سڑک پر ناچتی اور تھرکتی اور گونگوں کی طرح غن غن کرتی جیسے ہی وہ محلّے میں داخل ہوتی تو لڑکوں کا ایک غول اس کے پیچھے پیچھے تالیاں بجاتا اور "پگلی" کہہ کہہ کر پتھر پھینکتا اور منہ چڑاتا۔ عورت "ایں ایں" کرتی اور کونوں میں چھپتی۔ جب کبھی مرزا کی دکان کے سامنے یہ واقعہ ہوتا تو مرزا لڑکوں پر چیختے "ابے سسرو تمہیں مرنا نہیں ہے! بھاگو یہاں سے دور ہو"۔

لیکن ذرا دیر کے بعد لڑکے پھر جمع ہو جاتے۔

اکثر بڑے آدمی بھی اس سے مذاق کرتے۔ وہ بدصورت ضرور تھی لیکن اس کی عمر زیادہ نہ تھی۔ اس کا پیٹ بڑھا ہوا تھا۔ اکثر منو جو کھاتے پیتے گھرانے کا لڑکا تھا، لیکن اب بدمعاشوں میں مل گیا تھا، اس کے پیٹ پر ہاتھ رکھ کر کہتا "کیوں، تیرے بچہ کب ہوگا؟"

اور پگلی ایک درد انگیز وحشیانہ آواز نکالتی اور اپنے ہاتھ آگے بڑھا کے جوڑ دیتی اور لجلجے رہتے کسی راہ گیر یا دکاندار سے مخاطب ہوکر منو کی طرف اشارہ کرتی۔ اس کی کریہہ آواز میں ایک منت ہوتی۔ ایک بے کس و بے بس شخص کی وہ التجا جو اپنے حاکم یا اپنے سے زیادہ طاقتور انسان سے کرتا ہے کہ مجھے بخش دو اور بچالو۔ مگر اور لوگ بھی مذاق کرنے میں شریک ہوجاتے اور زور زور سے قہقہہ لگاتے........

ہندوستان میں ہزار ہا لوگ ایسے ہیں جن کو سوائے کھانے پینے اور مرجانے کے کسی بات کا احساس نہیں۔ وہ پیدا ہوتے ہیں، بڑھتے ہیں، کمانے لگتے ہیں، کھاتے پیتے ہیں اور مرجاتے ہیں۔ اس کے علاوہ انہیں دنیا کی کسی بات سے کوئی واسطہ نہیں۔ انسانیت کی بو ان میں نہیں ہوتی۔ زندگی کی عظمت کا ان کو کوئی احساس نہیں جیسے غلام کوئی کام کرنے اور مر رہنے کے علاوہ کوئی دوسری حقیقت ہی نہیں جانتے۔ زندگی کا طلوع اور موت کا غروب ان کے لیے دونوں یکساں ہیں۔ ان کے لیے دن کام کرنے اور راتیں سونے کو بنی ہیں۔ بس یہی ان کی زندگی کی حقیقت ہے۔ اور صرف موت ان کو زندگی سے نجات دلا سکتی ہے۔

ایک اور چیز جو ہمارے محلے میں کثرت سے دکھائی دیتی تھی، وہ کتے تھے، مرے ہوئے اور فاقہ زدہ۔ اکثر کو کھجلی تھی اور ان کی کھال میں سے گوشت نظر آتا تھا۔ اپنے بڑے بڑے دانتوں کو نکوس کر وہ اپنے پلّے کھجاتے تھے یا قصائی کی دکان کے سامنے ایک ہڈی کے پیچھے ایک دوسرے کو نوچتے اور لہولہان کر دیتے۔ وہ اپنی دمیں ٹانگوں کے بیچ میں دبائے نالیوں میں سونگھتے دبے دبے آتے تھے اور قصائی کی دکان کے سامنے چھیچھڑوں پر جھپٹتے لیکن اکثر جیسے ہی ان کو کوئی گوشت کا ٹکڑا یا ہڈی دکھائی دیتی تو چیلیں اوپر سے جھپٹا مارتیں اور ان کے سامنے سے گوشت کو اٹھالے جاتیں۔ پھر وہ ایک ایسے آدمی کی طرح جو خفیف ہو گیا ہو اپنی دم دبائے ہوئے سڑک کو سونگھا کرتے یا اپنی جھینپ آپس میں لڑائی کر کے اور ایک دوسرے کا خون بہا کر مٹاتے۔

صبح کو بہت سویرے شیرا چنے بیچنے والے کی آواز آتی۔ وہ اپنی جھولی میں گرم گرم تازہ بھنے ہوئے موٹے چنے گلی گلی اور کوچہ کوچہ بیچتا پھرتا تھا۔ اس کی عمر کوئی چالیس سال کے قریب تھی لیکن وہ دبلا اور سوکھا ہوا تھا۔ اس کے چہرے پر جھریاں ابھی سے نمایاں ہوگئی تھیں اور اس کی خشخشی داڑھی میں سفید بال آگئے تھے۔ اس کی آنکھیں ایک بیمار آنکھوں کی طرح تھیں جن کے نیچے سیاہ حلقے پڑے ہوئے تھے اور جن میں بھوک اور غربت اور مصیبت صاف جھلکتے تھے۔ ان کے ڈھیلوں میں باریک باریک سرخ رگیں دور سے دکھائی دیتی تھیں جیسے یا تو نشے میں یا کئی دنوں کے فاقے اور بخار کے بعد پیدا ہو جاتی ہیں۔ اس کے سر پر ایک

کپڑے کی میلی ٹوپی رکھی تھی۔ گلے میں پھٹی ہوئی قمیض اور اس کی اُنگی دھوتی میں سے پتلی پتلی ٹانگیں دکھائی دیتی تھیں۔
عرصہ ہوا وہ ہمارے شہر میں کسی نزدیک کے ضلع سے کام کی تلاش میں آ گیا تھا۔ وہ رات کو ایک مسجد میں پڑا رہتا اور دن بھر شہر کی سڑکوں پر مارا مارا پھرتا لیکن شہر والوں کی حالت روزگار کے معاملہ میں گاؤں اور قصبوں سے کسی طرح بہتر نہیں اور شیرا کو کوئی کام نہ ملا مسجد میں میر امان اللہ نماز پڑھنے آیا کرتے تھے۔ شیرا نے ان کو اپنا قصہ سنایا۔ میر صاحب کو اس کی حالت پر ترس آیا اور وہ اسے اپنے گھر لے گئے۔ شیرا نیک اور دیانت دار آدمی تھا۔ کچھ عرصہ بعد میر صاحب نے اسے پانچ روپے دیئے اور کہا۔
''ان سے کوئی کام شروع کر دینا اس لیے میں یہ روپے دیتا ہوں۔ جب تمہارے پاس پیسے ہوں تو یہ رقم واپس کر دینا ورنہ کوئی فکر کی بات نہیں''۔
شیرا نے دال اور کابلی چنوں کا خوانچہ لگایا۔ کچھ عرصے میں شیرا کو بہت سے محلہ والے جان گئے اور اس کا سودا خوب بکنے لگا۔ سال بھر کے اندر ہی اس نے میر صاحب کے روپے واپس کر دیئے۔ اپنے بیوی بچوں کو بلایا اور ایک چھوٹے سے مکان میں رہنے لگا اور بہت خوش تھا۔
اسی دوران میں عبدالرشید کو سوامی شردھانند کو قتل کرنے کے جرم میں پھانسی کی سزا کا حکم ہو گیا۔ سارے شہر کے مسلمانوں میں ایک تہلکہ مچا ہوا تھا۔ پھانسی والے روز جیل کے باہر ہزار ہا آدمیوں کا ہجوم تھا۔ وہ سب دروازہ توڑ کر اندر گھس جانا چاہتے تھے لیکن جب پولیس نے عبدالرشید کی لاش کو دینے سے انکار کر دیا تو لوگوں کے جوش اور غصے کا کوئی ٹھکانا نہیں رہا۔ ان کا بس نہیں چلتا تھا...... کہ کس طرح جیل کو مسمار کر دیں اور اس مرد غازی کی لاش کو ایک شہید کی طرح دفن کریں۔
اس دن شیرا کسی کام سے جامع مسجد کی طرف گیا ہوا تھا۔ آسمان پر غبار چھایا ہوا تھا اور سڑکیں ایک شہر خموشاں کی طرح اجاڑ اور سنسان معلوم ہو رہی تھیں۔ اس کو کئی ایک بھوکے کتے پڑے ہوئے دونے چاٹتے ہوئے دکھائی دیئے۔ ایک نالی میں ایک مرا ہوا کبوتر پڑا تھا۔ اس کی گردن ایک طرف کو مڑ گئی تھی۔ اس کی ٹانگیں سخت اور نیلی اوپر اٹھی ہوئی تھیں۔ اس کے پر پانی میں بھیگ گئے تھے اور اس کی ایک آنکھ کریہہ معلوم ہو رہی تھی۔ شیرا کھڑا ہو کر اس کو دیکھنے لگا۔ اتنے میں سامنے سڑک کے موڑ سے کلمہ کی آواز زور زور سے آنے لگی۔ لوگ ایک جنازہ لیے چلے آ رہے تھے۔ جوں جوں جنازہ شیرا کی طرف آتا گیا پیچھے بھیڑ اور زیادہ نظر آتی گئی۔ یہاں تک کہ دور دور تک آدمیوں کے علاوہ کچھ نہ دکھائی دیتا تھا۔ خلقت عبدالرشید کے جنازے کو کسی طرح لے بھاگی تھی۔ شیرا بھی جنازے کی طرف بڑھا اور کندھا دینے میں شریک ہو گیا۔ اتنے میں سامنے سے پولیس نمودار ہوئی اور انہوں نے جنازہ کو آگے بڑھنے سے روک دیا اور کئی ایک آدمیوں کو گرفتار کر لیا۔ ان لوگوں میں شیرا بھی تھا اور اس کو اس بلوے میں شرکت کرنے کی بدولت دو سال کی سزا ہو گئی۔
اب وہ قید بھگت چکا تھا لیکن اس کے گاہک اس کی آواز سے ناآشنا ہو چکے تھے اور اس کے پاس اتنے پیسے نہ تھے کہ وہ دوبارہ خوانچہ لگا سکے۔ کچھ لوگوں نے چندہ کر کے اسے دو روپے دے دیئے اور ان سے شیرا نے پھر کام شروع کیا اور اب چنے بیچتا پھرتا تھا لیکن اب اس کی آواز میں پچھلا کرارا پن باقی نہ رہا تھا اور مصیبت اور تکلیف اس کی ہر پکار میں سنائی دیتی تھی۔ تاہم بچے اس کی آواز سن کر چنے لینے کو دوڑتے تھے اور وہ مٹھی سے نکال کر چنے تولتا اور ان کو دیتا تھا۔
ایک اور شخص جو ہمارے محلے میں ہر روز رات کو آیا کرتا تھا وہ ایک اندھا فقیر تھا بہت چھوٹا تھا اور اس کی کھچڑی داڑھی پر ہمیشہ خاک پڑی رہتی تھی۔ اس کے ہاتھ میں ایک ٹوٹا ہوا بانس کا ڈنڈا رہتا تھا جسے ٹیک ٹیک کر وہ آگے بڑھتا تھا۔ وہ بالکل حقیر اور ناچیز معلوم ہوتا تھا جیسے کوڑے کے ڈھیر پر مکھیوں کا غول یا کسی مری ہوئی بلی کا ڈھچر لیکن اس کی آواز میں وہ مایوسی اور درد تھا جو دنیا کی بے ثباتی کا نقشہ کھینچ دیتا تھا۔ جاڑوں میں اس کی آواز جیسے سارے محلہ میں بے بسی پھیلاتی ہوئی کہیں دور سے آتی۔ میں نے آج تک اس سے زیادہ اثر رکھنے والی آواز نہیں سنی، اور ابھی تک وہ میرے کانوں میں گونج رہی ہے۔ بہادر شاہ کی غزل اس کے منہ سے پھر پرانے زمانے کی یاد تازہ کر دیتی تھی۔ جب ہندوستان اپنی نئی بندشوں میں نہیں جکڑا گیا تھا۔ اس کی آواز سے صرف بہادر شاہ کے رنج کا ہی اندازہ نہیں ہوتا تھا بلکہ ہندوستان کی غلامی کا نوحہ سننے میں آتا تھا۔ دور سے اس کی آواز آتی تھی۔

نہ کسی کی آنکھ کا نور ہوں، نہ کسی کے دل کا قرار ہوں
جو کسی کے کام نہ آسکے وہ میں ایک مشت غبار ہوں

لیکن محلہ کے شرفا اس کو پیسے دینے سے گھبراتے تھے کیوں کہ وہ چرس پیتا تھا۔

ایک روز رات کو میں اپنے کمرے میں بیٹھا ہوا تھا۔ گرمیوں کی رات تھی اور کوئی دس بجے کا وقت۔ زیادہ تر دکانیں بند ہو چکی تھیں لیکن کوابی اور مرزا کی دکانیں ابھی تک کھلی ہوئی تھی۔ سڑک کے دونوں طرف لوگ اپنی اپنی چارپائیوں پر لیٹے ہوئے تھے۔ کچھ تو سو گئے تھے۔ اور کچھ ابھی تک باتیں کر رہے تھے۔ ہوا میں خشکی اور گرمی تھی اور نالیوں میں سے سڑاند پھوٹ رہی تھی۔ مرزا کی دکان کے تختے کے نیچے ایک سیاہ بلی گھات لگائے بیٹھی تھی جیسے کسی شکار کی فکر میں بیٹھی ہو۔ ایک شخص نے ایک آنہ کا دودھ لے کر پیا اور آبخورے کو زمین پر ڈال دیا۔ بلی دبے پاؤں تختے سے نیچے نکلی اور آبخورے کو چاٹنے لگی۔ اسی وقت میری کھڑکی کے سامنے سے کلو گذری۔ اس کا رنگ سیاہ تھا لیکن شباب نے اس کی چہرے پر ایک رونق اور خوبصورتی پیدا کر دی تھی۔ اس کی چال میں ایک بے باکی اور الھڑپن تھا اور جسم زندگی کے ابھار سے توانا اور سبک تھا۔ وہ منصف صاحب کے یہاں ملازم تھی جن کی بیوی نے اس کو بچپن سے ہی پالا تھا۔ اب وہ بیوہ ہوگئی تھی اور اسے بیوہ ہوئے بھی تین سال گذر گئے تھے لیکن محلہ کے نوجوانوں کی نگاہیں اس کی طرف گڑی رہتی تھیں۔

جب وہ گلی کے نکڑ پر پہنچی تو منو نے اس کا ہاتھ پکڑ لیا۔ کلو جھنجلا کر بولی:

''موا مشٹنڈا کہیں کا، تجھ پر خدا کی مار۔ ایک عورت کو اکیلا دیکھ کر ہاتھ ڈالتا ہے''۔

منو بولا

''تیری جوانی پھر کس کام آئے گی؟''

''ہٹ دور ہو، موئے میرا ہاتھ چھوڑ۔''

برابر ایک مکان کی چھت پر دو بلیوں کے لڑنے کی آواز آئی۔ اسی وقت کلو نے زور سے جھٹکا دیا اور اپنا ہاتھ چھڑا لیا۔

''جھاڑو پیٹے، جوانا مرگ سمجھتا ہے مجھ میں دم نہیں۔ اتنا چیخواؤں گی کہ عمر بھر یاد کرے گا۔''

مرزا جو ایک خریدار کو دودھ دینے کے بعد ذرا دیر کے لیے گھر چلا گیا تھا اسی وقت واپس آیا اور کلو کا آخری جملہ اسے سنائی دیا اور وہ بولا:

''کیا بات ہے کلو! کیا ہوا؟''

لیکن کلو بغیر مڑے تیزی سے مڑے بغیر گلی کے اندر داخل ہوگئی۔ عزیز خیراتی جو ابی دکان کے سامنے سو رہا تھا، شور سے اٹھ گیا۔ منو کو دیکھ کر پوچھنے لگا۔

''ابے منو! کیا بات ہے؟''

منو مایوسی اور غصہ سے بھرا کھڑا تھا۔ اس کا منہ خشک ہو کر ستا ہوا معلوم ہو رہا تھا۔ اس کی آنکھیں ایک سانپ کی آنکھوں کی طرح زہریلی اور تیز ہوگئی تھیں۔ کوڑے کے ڈھیر پر ایک بلی کی آنکھیں ذرا دیر چمکتی ہوئی دکھائی دیں لیکن پھر غائب ہوگئیں۔ منو نے ذرا دیر چھپی ہوئی ناامیدی کی آواز میں جواب دیا۔

''کچھ نہیں یار، کلو تھی۔''

''نہیں میاں ہتھے نہیں چڑھی۔ ہاتھ جھٹک کے بھاگ گئی۔ لیکن کسی جائے گی کہاں؟''

اور بلیاں ابھی تک لڑ رہی تھیں۔ وہ ایک بھیانک طریقے سے غرانے کے بعد زور زور سے چیختی تھیں یہ معلوم ہوتا تھا کہ ایک دوسری کو کھا جائیں گی۔ پھر میاؤں میاؤں کر کے ایک بھاگ نکلی اور بلا غراتا ہوا اس کے پیچھے پیچھے ہو لیا۔

عزیز خیراتی نے منو کو اپنے پلنگ پر بٹھالیا اور سرہانے سے بیڑی نکال کر اس کی طرف بڑھائی لیکن منو نے اپنی قمیض کی جیب میں سے ایک چاندی کا سگریٹ کیس نکالا اور عزیز سے کہا۔

''لو میاں تم بھی کیا یاد کرو گے۔ میں تمہیں ایک بڑا بڑھیا سگریٹ پلاتا ہوں۔''
اور ایک سگریٹ نکال کر عزیز کو دیا۔
''ارے یار میں نے کہا اب کے کس کا مارلایا؟''
''میاں یاروں کے پاس کس چیز کی کمی ہے۔ جس کو نہ دے مولا، اس کو دے آصف الدولہ۔ اگر اللہ میاں کے بھروسے پر رہتے تو کام چل لیا ہوتا۔''
''میاں ہوش کی لوگ، دس سے ڈرو، دوزخ میں جلو گے، توبہ کرو۔''
''جا یار یہ بھی کیا گدھوں کی باتیں کرتا ہے۔ میں تو یہ جانتا ہوں کھاؤ پیو اور مزے کرو۔ اس سے زیادہ استاد نے سکھایا ہی نہیں۔ میں تو مونچھوں کو تاؤ دیتا ہوں اور پڑے پڑے اینڈتا ہوں۔ کہاں کی دوزخ لگائی۔ اگر ہوئی بھی تو بھگت لیں گے۔ اب کہاں کا روگ پالا۔''
''بس یار بس۔ کیوں خراب باتیں منہ سے نکال رہا ہے۔ سب آگے آگے جاتا ہے۔ ساری اکڑ دھری رہ جائے گی۔''
''اچھا یار تو تو اس طرح باتیں کرنے لگا، میں اب چل دیا۔''
ذری سن تو یار۔ ایک بات مجھے دنوں سے حریان کرائی ہے۔ قسم کھا بتادے گا؟''
''اچھا جا کیا یاد رکھے گا۔ اللہ قسم بتادوں گا۔''
''یہ بتا تو آخر چوری کیوں کرتا ہے؟''
''بھئی اس کی نہیں بدی تھی''
دیکھ قول دے چکا ہے۔''
''اچھا جا تو جیتا میں ہارا۔ جو سچ پوچھو تو یار یہ ہے کہ میں کبھی چوری نہ کرتا۔ تو جانتا ہے میرے رشتہ دار کافی امیر لوگ ہیں۔''
''جد ہی تو میں اور بھی حریان ہو رہا ہوں۔''
''میرا ایک بھائی لگتا تھا۔ لونڈا نمکین تھا۔ یہ کوئی دس برس کی بات ہے۔ تو میری کچھ اس سے چل گئی تھی۔ ہم دونوں مدرسے میں ساتھ پڑھتے تھے۔ اس نے ماسٹر سے میرے شکایت کردی اور جتیں لگوائیں۔ میرے اوپر بھوت سوار ہوگیا۔ میں نے کہا سالے بدلہ نہ لیا ہو تو پیشاب سے مونچھیں منڈادوں گا۔ ایک موقع پر کہ میں نے سالے کا بستہ چرالیا۔ اس کے اندر بڑی بڑھیا بڑھیا چیزیں تھیں۔ اس سے شروعات ہوئی۔ پھر ایک مرتبہ مجھے ایک ماموں کا سگریٹ کیس پسند آگیا۔ میں ان سے مانگ تو نہ سکتا تھا لیکن میں نے پار کردیا۔ اس کے بعد میں نے سوچا کہ ان حرامزادوں کے پاس روپے بھی ہیں اور اچھی اچھی چیزیں بھی۔ کیوں نہ اڑالیا کروں اور پھر تو میرا ہاتھ خوب صاف ہوگیا۔ یار سچ پوچھو تو یہ لوگ کبھی غریب کو مر کر بھی کوئی چیز نہ دیں۔ ان سے تو بس اسی طرح چیزیں وصول ہوسکتی ہیں۔''
''پھر تو نے وہی فضول باتیں شروع کردیں۔ اچھا اب میں چلا نہیں تو گھر میں ؟ تو میں میں ہوگی۔'' یہ کہہ کے وہ اٹھا اور عزیز کی کمر پر زور سے تھپڑ مار کر روانہ ہوگیا......

ہمارے محلّہ کی مسجد میں نثار احمد اذان دیا کرتے تھے۔ یہ قوی ہیکل اور مضبوط تھے۔ ان کا رنگ بالکل سیاہ تھا اور ان کی داڑھی مہندی سے سرخ رہتی تھی۔ ان کا سر تا منڑی تھا لیکن پہلوؤں میں اور گدی پر ان کے پٹھے بال پڑے رہتے تھے۔ ان کے ہاتھ میں ٹھیک بیچ میں ایک بڑا سا گٹا پڑ گیا تھا جس کا رنگ راکھ کا سا تھا اور الگ دور سے چمکتا تھا۔ اکثر وہ میری کھڑکی کے سامنے سے کھنکھارتے ہوئے گذرتے تھے۔ وہ گاڑھے کا ڈھیلی موریوں کا پانجامہ اور گاڑھے کا کرتا پہنے رہتے تھے اور ان کے کندھے پر ایک بڑا سرخ رنگ کا چھپا ہوا رومال پڑا رہتا تھا۔ ان کی آواز میں ایک ایسا کرارا پن گرمی کے ساتھ ساتھ وہ نرمی تھی جو انسان کو کم عطا ہوتی ہے۔ ان کی اذان دور دور مشہور تھی اور ان کی آواز بہت دور سے سنائی دیتی تھی۔ شروع شروع میں ان کی آواز سے اس پکار کی شان ٹپکتی تھی جو مسلمانوں کو نماز کے لیے بلاتی ہے۔ پھر اختتام کے قریب آواز کی جھنکار میں کمی ہوتی اور ان کے جملے بل

کھاتے ہوئے ایک سناٹا اور خاموشی پیدا کرتے ہوئے فضا میں کھو جاتے تھے۔لوگ نثار احمد کو حضرت بلال حبشی کہتے تھے اور اس مقابلہ میں بہت سی باتیں دونوں میں مشترک تھیں۔ان کی شاندار آواز اور ان کا سیاہ رنگ۔

ایک مرتبہ میں اپنے مکان کی چھت پر اکیلا بیٹھا تھا۔آسمان پر ہلکے ہلکے بادل بچھے ہوئے تھے اور سورج کی روشنی ان کے پیچھے سے پڑ رہی تھی اور ان میں سے ہلکی سی پھیکی روشنی نمایاں تھی۔ کیوں کہ مطلع صاف نہ تھا اور شہر کا گرد و غبار اور دور ملوں کی چمنیوں کا دھواں فضا میں پھیلا ہوا تھا۔شہر کے شور و شغب کی جھنکار مکھیوں کے بھنبھنانے کی طرح آ رہی تھی۔ساری فضا میں ایک دل شکن مایوسی تھی۔ وہ تکلیف دہ کیفیت جو ہمارے شہروں کی خاصی پہچان ہوتی ہے، جس میں غربت اور غلاظت، زندگی کی حقارت اور بے بسی کا احساس ہوتا ہے۔گرد و غبار سے میلے اور پھیکے بادلوں میں ایک جنگلی کبوتر اڑتا ہوا گذرا اور ان کے ملگجے رنگوں میں غائب ہو گیا۔دور سے ملوں کی سیٹیوں اور ریل کے انجنوں کی آوازیں آ رہی تھیں۔شہر کی اونچی ممٹیوں اور میناروں سے کبوتر اڑتے تھے یا منڈلا منڈلا کر ان پر بیٹھ جاتے تھے۔دور دور جدھر نگاہ دوڑتی تھی گندی اور بدنما میلی کچیلی عمارتیں اور ان کی چھتیں دکھائی دیتی تھیں۔دور دور جدھر انسان دیکھ سکتا تھا زندگی کی سرد مہری اور بے کاری کا احساس ہوتا تھا۔کہیں کہیں کوئی دو منزلہ مکان بن رہا تھا اور اس کی پاڑیں آسمان اور نگاہ کے درمیان سد راہ ہوتی تھیں لیکن بانسوں اور بلیوں کے رنگ نگاہ کو تکلیف نہ پہنچاتے تھے اور بادلوں کے رنگوں میں مل کر ہلکے اور مدھم دکھائی دیتے تھے۔اسی وقت نثار احمد کے کھنکارنے کی آواز آئی اور پھر ان کی اٹھتی سنہری آواز فضا میں پھیل گئی۔ یہ آواز کچھ ایسی مایوس کن لیکن تسکین بخش تھی کہ میری کوفت ایک خاموش رنج سے بدل گئی۔اس آواز میں کوئی عظمت اور بڑائی نہ تھی بلکہ اس سے زندگی کی بے ثباتی کا احساس ہوتا تھا۔اس بات کا کہ دنیا مردار ہے اور اس کے چاہنے والے کتے، اس بات کا کہ زندگی حقیر اور ناچیز ہے۔اسی طرح جیسے بادلوں کے چہرے گرد اور دھواں اور غبار۔اپنے موہوم خیالات کا شکار میں اذان سنتا رہا۔ یہاں تک کہ وہ اختتام کے قریب آ گئی حی علی الصلوٰۃ کی خاموشی پیدا کرنے والی آواز کانوں میں گونجنے لگی۔ پھر حی علی الفلاح، حی علی الفلاح کی آواز سناٹا چھاتی ہوئی، دنیا کی بے ثباتی کا یقین دلاتی باریک لمبی تان کے دھیمے سروں میں ہوتی اس آہستگی اور دل وابستگی سے ختم ہوئی کہ یہ نہ معلوم ہوتا کہ آواز رک گئی ہے یا ساری دنیا پر خاموشی طاری ہے، ایک گہری خاموشی جس سے معلوم ہوتا تھا کہ دنیا سے پرے، بہت دور ایک اور دنیا ہے جس میں ازل اور ابد دونوں ایک ہیں اور یہ دنیا ہیچ اور موہوم ہے۔آواز اس طرح فضا میں کھو گئی جس طرح افق پر زمین ختم ہوتی ہے اور آسمان شروع ہو جاتا ہے اور تمیز نہیں ہو سکتی کہ زمین ختم بھی ہو گئی یا ہر جگہ آسمان ہی آسمان ہے۔اسی طرح آواز اس آہستگی سے رک گئی کہ آواز اور خاموشی میں امتیاز ہو سکتا تھا۔آواز کانوں میں گونج رہی تھی لیکن یہی شبہ ہوتا تھا کہ صرف خاموشی کانوں میں ہیجان بپا کیے ہوئے ہے۔

اور میں سوچتا ہوں کہ یہ اذان ہماری زندگی کی حقیقت کو کس خوبی سے ظاہر کرتی ہے۔وہی بے بسی اور مایوسی جو ہماری رگ رگ میں پیوست ہو گئی ہے۔ وہی ناامیدی اور خارجی حقیقت کا خوف جو ہم کو ایک داخلی زندگی بسر کرنے پر مجبور کر دیتا ہے، اس اذان میں موجود تھے۔ہم دنیا کو چھوڑ کر ازل اور ابد کے خواب دیکھا کرتے ہیں۔آدمی کو بھلا کر خدا کی تلاش میں مشغول رہتے ہیں اور ہماری زندگی کی ہر چیز ہم کو اس بات کی ترغیب دلاتی ہے۔ ہمارا ہر گیت ہمیں یہی لوریاں سناتا ہے۔ ہمارے پیروں میں بیڑیاں ہیں لیکن ہم ان کے رگڑ کے اتنے عادی ہو گئے ہیں کہ وہ ہم کو ایک خارجی حقیقت نہیں معلوم ہوتیں۔ ہمارے ہاتھوں میں ہتھکڑیاں پڑی ہیں، ہمارے گلوں میں طوق ہیں۔ ہماری زبانوں پر قفل ڈال دیے گئے ہیں لیکن ہم کو کسی بات کا احساس نہیں، ہمارا جسم سن ہو چکا ہے، ہماری روح سو گئی ہے اور ہم اپنی بے بسی پر مگن ہیں اور لاپروائی اور بے حسی کی زندگی گزارتے ہیں حتیٰ کہ موت اپنے پنجے بڑھاتی ہے اور اپنی تاریک آغوش میں کھینچ لیتی ہے۔ ہماری نیک نامی اور بدنامی دونوں برابر ہیں۔ ہماری زندگی اور موت دونوں یکساں ہیں اور اذان کی آواز کی طرح ہم اس طرح زندگی سے موت میں بدل جاتے ہیں کہ کوئی تمیز نہیں کر سکتا ہم کبھی زندہ بھی تھے یا سب وہم و گمان تھا اور ہم موت کے دلارے ہمیشہ سے ان کی لوریوں سے مخمور غفلت کی نیند سویا کرتے تھے۔

ایک رات کو مرزا کی دکان پر تین چار آدمی بیٹھے ہوئے باتیں کر رہے تھے۔ان میں سے ایک تو عزیز تھا، ایک کوابی اور ایک

دو آدمی اور جمع ہو گئے تھے۔ ان کے سامنے حقہ رکھا تھا اور وہ باری باری کش کھینچ رہے تھے۔ ان میں سے ایک کہہ رہا تھا۔

''میں تو یار ہر ایک چیز میں اس شان کو دیکھ رہا ہوں۔''

اس پر میرے کان کھڑے ہوئے اور میں غور سے سننے لگا۔

اتنے میں ایک گاہک آیا اور اس نے مرزا سے پانچ پیسے کا دودھ مانگا اور ایک طرف کھڑا ہو گیا۔ مرزا نے ایک آبخورا اٹھایا اور دودھ نکالنے کے لیے لٹیا دودھ کی طرف بڑھائی۔ اس آواز نے اپنی بات جاری رکھتے ہوئے کہا۔ ''پر لے دن میں چاندنی چوک میں سے جارہا تھا کہ سامنے سے ایک بچھیا آرہی تھی۔ اسی جگہ ایک بچہ پڑا ہوا تھا۔ گائے بچے کے پاس آن کے رک گئی۔ میں نے سوچا کہ دیکھو اب کیا کرتی ہے۔ ولے میں صاحب اس بچھیا نے اپنے چاروں پیر جوڑ کر ایک قلانچ ماری اور بچے کو صاف پھلانگ گئی۔ مجھ کو تو اس جناور کی عقل میں اس کی شان نظر آ گئی۔''

مرزا کا ایک ہاتھ کڑھاؤ کے پاس تھا، دوسرے میں آنجورہ تھا اور بولنے والے کی طرف گھور رہا۔ عزیز بولا:

''واہ واہ کیا اس کی شان ہے!''

مرزا نے لٹیا میں سے دودھ لیا اور اس کو اچھالنے لگا۔ اتنے میں ایک دوسرا شخص بولا:

''ہاں میاں اس شان کا کیا پوچھ رہے ہو۔ ایک مرتبہ حضرت سلیمان کو حکم ملا کہ محل بناؤ۔ تو بس صاحب انہوں نے تیاریاں شروع کر دیں۔ جناتوں نے آنا فانا میں بڑے بڑے پتھر اور سلیں لالا کر جمع کر دیں اور مدت لگ گئی۔ تم جانتے ہو جناتوں کا کام کتنی پھرتی کا ہوتا ہے۔ آج اتنا کل وتنا۔ تھوڑے ہی دنوں میں محل آسمان سے باتیں کرنے لگ گیا۔ حضرت سلیمان روز اس جگہ جا کے دیکھا کرتے تھے کہ کوئی کام میں سستی تو نہیں کر رہا ہے تو بس صاحب ایک دن محل کھڑا ہو گیا۔ اب صرف اس کے اندر کی قتلیں اور فتر صاف کرنے رہ گئے۔ دوسرے روز پھر حضرت سلیمان اپنی لکڑی ٹیک کے کھڑے ہو گئے اور ملبہ باہر پھینکنے کا حکم دے دیا لیکن اتنے میں وہاں سے کچھ اور ہی حکم آ چکا تھا۔ اب دیکھئے محل کی شان کہ یہاں تو اس کی صفائی ہو رہی ہے اور وہاں اس لکڑی میں گھن لگنا شروع ہو گیا لیکن وہ ڈٹے کھڑے رہے یہاں تک کہ گھن لگتے لگتے موٹھ تک پہنچ گیا۔ لیکن ان کو ذری بھی خبر نہیں ہوئی اور لکڑی راکھ کی طرح یوں جھڑ گئی اور ان کا خود کا دم نکل گیا۔ ادھر تو ان کا کام تمام ہوا، ودھر جب جناتوں نے دیکھا کہ جن کا رعب شعب تھا وہ ہی نہیں رہے تو چھپت بنے۔ لیکن میں تو اس بات پر حریان ہو رہا ہوں کہ اب ان قتاتوں اور فتروں کو کون صاف کرگا؟''

عزیز کے ہاتھ میں حقہ کی نلی اس کے منہ کے برابر رکھی ہوئی تھی۔ اور وہ بولنے والے کی طرف گھور رہا تھا۔ مرزا کا ایک ہاتھ جس میں لٹیا تھی، اور آبخورہ والا نیچے، اور وہ قصہ میں محو تھا۔

میں نے زور سے قہقہہ لگایا لیکن پھر سوچ میں پڑ گیا کہ واقعی ان ''قتلوں'' اور ''فتروں'' کو کون صاف کرے گا۔

ہوا کا ایک اور جھونکا زور سے آیا اور مٹی کے تیل کا لیمپ گل ہو گیا اور سڑک پر اندھیرا تھا۔ اس وقت لوگ مرزا کی دکان سے اٹھ کر روانہ ہونے لگے اور میں بھی گھر کے اندر چلا گیا۔

ooo

خان فضل الرحمٰن خان

# ادھ کھایا امرود

(۱)

کوئی دوسرے کے ادھ کھائے امرود کو کیوں کھانے لگا۔ جب لنکا کا کوٹ ایک مرتبہ سر ہو چکا، اس کے جدید پھاٹک کھل ٹوٹ چکے، تو اس پر یورشیں کرنے میں کیا تُک تھی۔ اور حسن جہاں افراز مینو کو اس کمتری کا احساس تھا۔ سو یہی وجہ تھی کہ ہم حدیقہ والی کوٹھی کے شرقی برآمدے کی طرف شام کی چائے پر بیٹھے تو وہ کہ جس کے نظریں کبھی نچلی نہ ہوا کرتی تھیں، جب وہ سامنے بیٹھی ہوا کرتی تو ایسا محسوس ہوا کرتا تھا جیسے اس کی آنکھیں جھلمل جھلمل جھلمل کھلونے ہوں۔ اس کی آنکھیں گویا اڑتی تتلی کے پروں کی طرح رنگ پر رنگ پیش کرتی رہتیں تھیں۔ لیکن آج اس کی آنکھوں میں نچلا پن تھا۔ اور حزیں سنجیدگی۔ ایک مرتبہ چائے پیتے ہوئے میرے منہ سے ذرا سپر سپر کی آواز نکل گئی تو وہ مجھے جھپکانے کے لیے ذرا ذرا سے سپر سپر کر کے چائے پینے لگا لیکن وہ تو ایک خاموش رہی جیسے ماں بیٹھی ہو...... وہ اخبار نویس اور پارلیمانی سیکرٹری سے بھی زیادہ حاضر جواب تھی...... مگر آج تو کھسیانت سے اس کا منہ سیاہ ہوا تھا۔

باہر بجلی چمک رہی تھی بادل ایسا گھنا ہوا تھا کہ جیسے برسنے پر پانی نیزوں چڑھ جائے گا۔ کوٹھی کے جنوبی حصے میں جولو کانوں کی نکڑی تھی۔ اس کے اندھیروں میں بسیرا کرتی ہوئی سانجھ چڑیاں بول رہی تھی۔ شرقی برآمدے کے آگے کھڑے ثمر آور جھمکدا سیندوورے آم ہریالے ماحول میں نگل معلوم ہو رہے تھے۔ مینو کا چہرہ بھی انہیں آموں ایسا تھا۔ پچھلے سال انہیں دنوں جب تھوڑا سا برسنے کے بعد دکھنا بادلوں کو تتر بتر کر رہی تھی تو انہیں آموں کے درمیان میں نے اس عشوہ گر سے سوال کیا تھا۔

"آپ کو گندھرپ کے معنی آتے ہیں؟"

"نہیں"۔

"اس کا مطلب ہے عشقیہ شادی، کیا آپ کو یہ پسند ہے؟

"...... پہلے پیار اور بعد میں شادی؟"

"اچھا مینو تو اگر یوں ہو جائے...... پہلے پیار بعد میں شادی اور شادی کے بعد بھی مسلسل پیار، اور......

"...... اصل مقصد وصل دوامی ہو؟"

"چند سے خاموش رہیے ہمیں آپ کی باتیں پسند نہیں، ہم آپ کے پاس سے ابھی ابھی جایا چاہتے ہیں۔ پھر یہ اڑنگ بڑنگ باتیں فضاؤں کو سناتے رہیے گا۔"

"مجھے مضطرب چھوڑ کر نہ جائیے...... نہ جائیے!"

"قرائن بتاتے ہیں کہ آپ دماغی توازن کھو چکے۔ سراسیمگی بڑھتی جا رہی ہے۔ اس لیے قیام مباح نہیں۔"

"آپ جیسی شستہ اور کتابی زبان کوئی نہیں بول سکتا۔"

"ہمیں مرزا غالب نے بھی یہی کہلا بھیجا تھا۔"

"دل چاہتا ہے کہ آپ کی باتیں ہی سُنے جائے۔"

"لیکن آپ کی جانب ہمارا میلان طبیعت ہی نہیں۔"

"آپ سلام ناز کر کے تشریف لے جا سکتی ہیں۔"

"ہمیں یہ بھی گوارا نہیں۔"

"کچھ گوارا بھی ہے۔"

''کچھ بھی نہیں''۔

''کیوں کیا خطا کیا قصور!

''نہ خطا نہ قصور، یہ ہمارا اقتضائے طبیعت ہے''

''جب سے تم منکر ہوئیں...... دل ڈبا جا رہا ہے''۔

''دھڑام سے گرنے کی آواز تو ہمیں بھی آتی تھی''۔

''بدلی کی چھاؤں میں پھوار پڑتی ہوتی اور ہم دونوں تی منزلہ کی بارہ دری میں بیٹھے ساون کے نیزوں چڑھے ندی نالوں کو آپس میں لڑتے دیکھتے''۔

''آپ کے سفلی احساسات آپ کو مبارک''۔

''آپ کو برشگالی رات میں جھینگر بولتے ہوئے کیسے لگتے ہیں''۔

''جیسے بھی لگتے ہیں...... آپ ہرزہ سرائی جاری رکھیے۔ ہم چلے''۔

''مینو میری عزیز تھی، بدر بھی عزیز تھا۔ ان دونوں کی رسم منگنی تو نہ ہوئی لیکن ویسے بر طور سے معاملہ طے ہو چکا تھا۔ بدر کو مجھ پر اس لیے ترجیح دی گئی کہ اسے فوج میں کمیشن مل گیا تھا مجھے انتخابی بورڈ والے اس لیے نہ لیتے تھے کہ مجھ میں کچھ کچھ امردپنے کا شائبہ تھا۔ صدر بورڈ نے تو یہ تک کہہ دیا تھا کہ اس سے تو پانچ میل کی دوڑ بھی نہ دوڑی جائے گی۔ میرے متعلق ان کا اندازہ قطعی غلط تھا۔ شکار میں بدر نے مجھ سے زیادہ جفاکشی کبھی نہ دکھائی تھی۔ بلندستانی جنگلوں میں میں نے جیٹھ کے روزے رکھتے ہوئے شکار کھیلا تھا۔ اور بدر نے پیاس اتنی محسوس کی تھی کہ اس نے اکثر تیسرے پہر سے پہلے ہی روزے توڑ دیے تھے۔

یہ ابھی چھ مہینے کی بات تھی۔ بقرعید کا مہینہ تھا۔ محرم سے اگلے چاند میں بدر اور مینو کی شادی ہو جانے والی تھی کہ میں اپنے ایک اور عزیز اور بے تکلف دوست جمالی کے ساتھ کوٹلہ شاہی میں بیٹھا ہوا تھا جاپانیوں کے جذبہ خودکشی پر گفتگو ہو رہی تھی۔ باہر گرد اٹھانے والا اندھیاؤ چل رہا تھا۔ فضا ایسی ہو رہی تھی جیسے شیطان اس میں قدیم روما کے زمانے کی رتھیں گھڑ گھڑ چلا رہے ہوں ہم تیسری منزل پر تھے میری طبیعت اتنی چلبلا رہی تھی جیسے میں کھڑکی کھول کر سر کے بل سرک کے کھڑنجے پر گر پڑوں گا۔ میرے آزار کا کوئی علاج دکھائی نہ دیتا تھا۔ پھر جمال نے کہا۔

''میں یونانی، اوڈیسس اور شیواجی مرہٹہ سے زیادہ چالاک ہوں، تمہاری مینو سے شادی میری ذمہ داری ہے۔ اس کی شادی سیکنڈ لفٹیننٹ بدر سے کبھی نہ ہو سکے گی۔ گو وہ ہمارے خاندان سے ہے اور تم نہیں، سیکنڈ لفٹیننٹ بدر کو اس کی ضرورت تم سے زیادہ نہیں ہے جو اندھیاؤ چل رہا ہے، میں اسے تو روک نہیں سکتا۔ البتہ یہ شادی ضرور روک دوں گا۔

جمالی نے یہ بہادرانہ الفاظ تو استعمال کر دیے تھے۔ اور وہ تھا بھی بڑا ہی سچا اور دلاور انسان لیکن میرے دل میں اسی وقت سے یہ الجھن پیدا ہو رہی تھی کہ جمال اپنا قول کیسے پورا کرے گا۔ مینو کا حاصل کرنا میرے لیے قطب تک پہنچنے سے کم نہ تھا۔ اب جمالی کے قول نے بھی ایک ایسے ہی قطب کی صورت اختیار کر لی تھی۔ ان قطبین تک پہنچنے کا کوئی ذریعہ مجھے نظر تو نہ

(۲)

جمالی کے آباؤ اجداد کبھی ملک کے تاجدار رہ چکے تھے۔ ان کی جائے پیدائش شاہی کوٹلہ میں تھی جس کے جنگی دروازے تھے۔ اور گھوگھس بھی تھی۔ ہمارے بزرگ ان کے سپہ سالار رہتے۔ ہمارا قیام حدیقہ میں تھا..... حدیقہ چہار دیواری والے باغ کو کہتے ہیں۔ حسن جہاں افروز کا تعلق شاہی کوٹلہ والوں سے تھا۔ ان دونوں خاندانوں میں رشتے بیاہ ہو رہے تھے۔ جمالی کے والد کا تنازع خطاب اور پنشن کے سلسلے میں دوسرے خاندانی دعوے داروں سے چل رہا تھا۔ اور جب ملک کی آخری بڑی عدالت نے فیصلہ جمالی کے والد کے حق میں کر دیا تو شاہی کوٹلہ میں ایک زبردست مجلس جشن وسماع برپا ہو رہی تھی چوٹی کی گائن طوائفیں بلائی گئیں تھیں اور سبزہ زار چوگان میں گندیری وار درباری شامیانے نصب تھے۔

بیگمات اور معزز مہمان خواتین نوبت خانے کے بلند پھاٹک میں بیٹھی رقص وسرود سے بہرہ ور ہو رہی تھیں۔ سامنے ہاگی

کے کپڑے ایسا جھینا جھینا سُرخ پر دا پڑا ہوا تھا۔ مرغول دار پھاٹک کے پیچھے شمال میں سنگ مرمر کے کھلے فرش پر میز کرسیاں رکھی ہوئی تھیں۔ میزوں پر طرح طرح کے ٹھنڈے مشروبات اور پان سجے ہوئے تھے۔ کہ خواتین جب چاہیں آئیں۔ حسب ضرورت شربت وغیرہ نوش جان کریں پان کھائیں، الائچی سپاری، اور زردہ چاندی کے نقشین چوگھڑوں میں رکھا تھا جس کسی کو تشنگی محسوس ہوتی یہاں آتی اور جو چیز چاہتی بے چتی۔ اس مرمریں صحن کے ہر دو جانب شرق و غرب لال پتھر کی مرغول دروں والی ایک منزلہ عمارت تھی۔ دروں پر زری دار جنگنی پردے پڑے تھے۔ یہاں بستروں کا انتظام تھا اور اندر عود و لوبان، دار چینی اور دیگر مشمومات سے خلوت گاہیں معطر تھیں جو کوئی تھک جائے یہاں آ کر آرام کر سکتی تھی۔ اس چوگردہ عمارت کے شمال میں جو سہ دریاں تھیں، وہاں کنیزوں کے آرام کرنے کا بندوبست تھا۔ صحن سے جو حویلی بھی دکھائی دے رہی تھی جس کے تی منزلہ پر بیٹھے ہوئے جمالی نے کا تھا۔ "یہ جو اندھیاؤ چل رہا ہے، میں اسے تو نہیں روک سکتا۔ البتہ یہ شادی ضرور ضرور روک دوں گا۔" میں سبزہ زار چرگان میں نصب دباری شامیانے میں بیٹھا اسی تی منزلہ کی طرف کبھی کبھی نظریں اٹھاتا ہوا سوچ رہا تھا۔ "کیا جمالی اس شادی کو روک سکتا ہے! جس طرح چلتا ہوا اندھیاؤ نہیں رُک سکتا۔ اسی طرح یہ بھی نہیں سکتی۔"

جب رات کی کمر ٹوٹی اور چاند نے مسجد سہ گنبد پر سے کھیت کیا مشروبات کی دیکھ بال کرنے والی کچھ کنیزیں تو شمالی سہ دریوں میں سو گئیں اور کچھ بلند پھاٹک کے چیل پایوں کے پاس بیٹھ کر گانا سننے لگیں تو حسن جہاں افروز مینو کو پیاس نے ستایا۔ وہ چمک دار وصلی جوتا بلا جراب پاؤں میں پہنے ہوئے صحن میں آئی۔ اس کے پاؤں گورے پن کی اور چکناہٹ میں سنگ مرمر کو مات کر رہے تھے۔ اس نے برف میں لگی ہوئی بوتل تیلی سے پی اور اور کچھ شربت گلاس سے پیا۔ اس وقت اس کے ذرا بھیگے بھیگے ہونٹ واقعی آب و آتش کی آمیزش کا سماں پیدا کر رہے تھے۔

وہ واپس جانے ہی والی تھی کہ ایک لمبے تڑنگے مضبوط آدمی نے اسے اس طرح اٹھا لیا جیسے چڑی مار کبوتر کو دبوچ لے۔ حملہ آور اسے پردے پڑی ہوئی شرقی استراحت گاہ میں لے آیا۔ حملہ آور کی گرفت اتنی کڑی تھی کہ وہ مینو کو تڑپنے بھی نہ دے رہا تھا۔ پھر وہ خوب بلکاں کی گئی۔ اس کا جھاڑ کا آزار بند چاقو سے کاٹ ڈالا گیا۔ سنہری شلوار ایسے ہلکے رنگ کی جیسے عطر ہو۔ تار تار ہو چکی تھی کامدار قمیض کی دھجیاں اڑ گئی تھیں۔ حملہ آور نے اندر جاتے ہی روشنی گل کر دی تھی۔

پھر ایک کنیز نے صحن میں شور مچانا شروع کر دیا۔ ڈاکو، ڈاکو بیگم مینو۔ بیگم مینو۔ دوڑیو، دوڑیو! اس شور پر بلند دروازہ میں بیٹھی تمام مستورات صحن میں ڈھوک آئیں ..... اخفائے واردات ..... ناممکن تھا حسن جہاں افروز مینو تو گویا چھاپے میں چھپ گئی تھی۔ اس کے بدنامی کا ٹیکہ لگ چکا تھا۔ مردوں تک خبر پہنچ گئی بے چاری خستہ اندام، دریدہ ملبوس، حسن جہاں افروز مینو کچھ ہی منٹ میں ایسی بن گئی تھی۔ جیسے ڈربے کا دروازہ بند ہو گیا ہو۔ کوئی مرغی باہر بیٹھی رہ جائے، رات کے سناٹے میں باہر بلاؤ پھاڑنے لگے تو وہ چیخ پکار ہو کہ ہمسایوں کے بچے تک میں ہُدک ہُدک کر جاگ پڑیں۔ مینو کے عطر ایسے ہلکے سنہرے رنگ کی شلوار سُرخ ہو رہی تھی، چولی کے بٹن اور تکمے ٹوٹے ہوئے تھے۔ اس کا زعفرانی دوپٹہ، رومال، کانوں کا ایک جواہر جڑ آویزہ اور اس کے چہرے کی وغد غاہٹ یہ سب غائب تھے۔ تشہیر اتنی ہو چکی تھی کہ اس سے کوئی بھی نہ دیا رفت کرتا تھا۔ اس کے منہ میں بولی بھی نہ تھی۔ امرود اودھ کھایا ہو چکا تھا۔ لنکا کے کوٹ کے جید پھاٹک کھل چکے تھے۔ کنیزیں بار بار حاشا رحمان، حاشا للہ کہتی پھر رہی تھیں۔

(۳)

سیکنڈ لفٹیننٹ بدر اور حسن افروز جہاں بیگم مینو کی شادی عشق و محبت کی اساس پر نہ ہو رہی تھی۔ جو اس کی بناء پر عشق و محبت ہوتی تو اس کا توڑنا مشکل ہوتا اور مینو اس واقعے کی مجرم بھی گردانی نہ جا سکتی تھی۔ جو کوئی راہ جا رہا ہو۔ لیکن کوئی دوسرا اسے زبردستی پکڑ کر کچھ دیر کو راہ سے گمراہ کر دے۔ تو اسے بے راہ تو نہیں کہہ سکتے۔ پر یہاں تو مسئلہ ہی دوسرا درپیش تھا۔ عورت کی عصمت ایک مرتبہ گئی تو سدا کے لیے گئی۔ اودھ کھائے امرود کا کوئی گاہک نہ تھا۔ گو رشتہ قطع کرنے کی کوئی باقاعدہ اطلاع نہیں دی گئی تھی۔ لیکن بدر کی طرف سے یہ رشتہ منسوخ سمجھا گیا تھا۔ جس طرح سے ہٹلر کو کسی ملک پر حملے کرنے سے پہلے الٹی میٹم کی ضرورت محسوس نہ ہوا کرتی تھی۔ اس طرح بدر کی جانب سے اس ضمن میں کوئی اعلان متوقع نہ تھا۔ اب میرے امتحان کی گھڑی آن پہنچی تھی کہ میرا دعویٰ محبت فرضی تھا؟ کیا میں نے صرف بڑ ماری تھی۔ شاہی کوٹلہ میں بدر یا کوئی اور اودھ کھائے امرود کو قبول کرنے کے لیے تیار نہ تھا تو کیا ہم اہل حدیقہ بھی انہیں کی پیروی کر رہے تھے؟

حادثے کے اگلے ہی دن مجھ سے ملے بغیر جمانی پہاڑ پر چلا گیا تھا ورنہ اسی سے اپنے دل کی بات کرتا۔

ادھر مینو کو یہ معلوم تھا کہ میں اس کا خویش ہوں۔ اگر دنیا میں اس کی کسی مرد ذات سے کچھ تھوڑی بہت بے تکلفی تھی، تو صرف مجھ سے تھی۔ میں نے خلاف تہذیب واخلاق اس سے محبت کا اظہار ترک کر دیا تھا۔ رواج کے مطابق ان دونوں خاندانوں میں بیٹی والے کسی صورت بھی بیٹے والوں کو رشتہ کی پیشکش نہیں کر سکتے تھے۔ لیکن اس تھوڑی بے جا بے تکلفی اور منہ پھٹ پنے کی آڑ لیتے ہوئے جو میری مینو کے ساتھ تھی، وہ چاہتی تو میرا جذبہ محبت للکار تو جا سکتا تھا کہ "کہیے محبت وحبت اب بھی باقی ہے یا اس کا مرنڈا بن چکا۔" اب اس کا امکان میرے دل میں تھا۔ اور یہی وجہ تھی کہ وہ میری چھوٹی بہن اور اپنی سہیلی کی معمولی سی علالت کی خبر پا کر عیادت کو پہنچی تھی۔ گو گل پارہ خانم کو صاحب فراش ہوئے دو دن ہو چکے تھے لیکن اسے نزلے کا معمولی بخار اور آدھے سر کا درد ہی تو تھا۔

چنانچہ شام کی چائے پر جب باہر بجلی چمک رہی تھی اور بادل ایسا گھنا ہوا تھا۔ جیسے اب برسا، اب برسا میں اس ترک طناز کی مدامی خنداں اور تنقیدی نگاہوں میں نچلا پن دیکھ کر یہ بھانپنے کی کوشش کر رہا تھا کہ وہ آج یہاں کس مقصد کے لیے پہنچی ہے۔ میرے دل کو یہ تسلی ہو رہی تھی کہ وہی شاخ گل جس کے لیے میں کب سے دل پر ہاتھ دھرے فقیروں کی طرح پلہ پسارے پھر رہا تھا، وہ شاخ گل شجر سے کٹ کر کسی دوسرے کے پلنے میں گرنے کو اس طرح سے تنگ چکی ہے جیسے کسی کا زخمی ہاتھ گلچنڈ رے سے کھل کر تنگ گیا ہو۔ آج وہ پلہ جس میں وہ گرا چاہتی تھی، نیچے سے ہٹا لیا گیا تھا۔ اب اُسے گرنا تھا یا تو جوتوں کی جگہ زمین پر یا شجر پر ہی لٹکے لٹکے سوکھ جانا تھا۔ میرے خیال میں اب وہ اتنی عاجز آ چکی تھی کہ اس آس پر میری طرف جھکنے کہ میں اسے گرد آلودگی سے بچانے کے لیے اپنا پلہ پسار لوں گا۔

میں نے اسے پورے ایک سال سے نہ دیکھا تھا۔ ہماری آخری ملاقات حدیقہ ہی کے سیندوریئے آموں میں ہوئی تھی۔ جب وہی عشقیہ شادی کا ذکر آیا تھا۔ زیادہ عرصہ گذر جانے کے سبب اب میرے دل میں اس کی وہ تڑپن باقی نہ رہی اور میں اسی لیے مذبذب تھا کہ ایک گرے ہوئے موتی کا مول کروں یا نہ کروں پر آج جو میں نے اس کی مضمحل مضمحل صورت اور مچلی مچلی آنکھیں میز کے دوسری طرف سے دیکھیں تو اوسان بجا نہ رہے۔ میں سوچنے لگا جو وہ مجھ سے سوال کرے۔ "کہیے اب آپ اس نظریے پر قائم ہیں کہ پہلے پیار اور پھر شادی؟" تو کیا میں اس کا یہ جواب دوں گا۔ "میں اب اس نظریے پر قائم نہیں ہوں۔" نہیں، میرا جواب تو یہ ہونا چاہیے۔ "مینو مجھے اب بھی تمہاری ویسی ہی آرزو ہے۔"

(۴)

تو ہم شام کی چائے حدیقہ والی کوٹھڑی کے شرقی حصے میں پی رہے تھے جس کے آگے جھمکدار طوطا پری آموں کی زیبائش تھی۔ گل پارہ خانم کا بستر علالت انتہائی جنوبی کمرے تھا۔ مینو چائے پی کر اسی کے پاس چلی گئی تھی۔ بڑی جنوبی کھڑکی کے پاس صوفہ اس طرح سے رکھا ہوا تھا کہ وہاں بیٹھ کر باہر دیکھ سکتے تھے۔ مینو اسی صوفے پر بیٹھی پیانو بجا رہی تھی کیونکہ گل پارہ خانم کے آدھے سر میں درد ہو رہا تھا۔ اور مینو یہ کہا کرتی تھی کہ وہ ایسا پیانو بجاتی ہے کہ کیسا ہی درد سر ہو آرام ہو جاتا ہے، مریضہ کے درد سر کو آرام ہوا ہو یا نہیں، البتہ مینو نے پیانو بجا کر میزبان کو سُلا ضرور دیا تھا۔ اور تکلف میں سونا بھی آرام کے مترادف ہے، مینو نے یہ غزل چھیڑی ہوئی تھی۔

اس کو پا کر بھی اسے پانے کی حسرت چاہیئے
وصل ہیں بھی چاشنئ درد فرقت چاہیے
گو ہیں ان معصوم آنکھوں میں ہزاروں خوبیاں
کچھ شرارت بھی مگر حسب ضرورت چاہیے
اجنبیت جن کی فطرت، بے رخی جن کا شعار
کچھ نہ کچھ ایسوں سے بھی صاحب سلامت چاہیے

لوکاٹوں کے گھنیرے گھنیرے ماحول میں بسیرا کرتی ہوئی سانجھ چڑیاں اب بھی بول رہی تھیں۔ میرا دل مینو سے باتیں

کرنے اور دیکھنے کو چاہ رہا تھا۔ یہ بات اسے خاص طور پر اور فوراً ہی سُنا دینی تھی کہ میں اب بھی اپنے نظریے پر قائم ہوں اور میں وہی سوختہ سامان ہوں جسے تم یا تمہارے گھر والے مسترد کر چکے ہیں۔

میرے قدم مجھے خود بخود لوکاٹوں کی نکڑی میں لے گئے اور خود بخود یا شاید مجھے کھڑکی سے وہاں دیکھ کر مینو بھی نیوب ویل کے پاس سے ہوتی ہوئی وہاں پہنچ گئی۔ وہ اس بُھٹ پنے کے وقت میرے ساتھ تنہا تھی۔ اوپر اب بھی سانجھ چڑیوں نے طوفان بدتمیزی مچا رکھا تھا۔ مینو کی وہاں پہنچنے کی علت میری سمجھ میں یہی آتی تھی کہ اسے مجھ سے دریافت کرنا تھا ''کہ'' کہیے اب کیا ارادہ ہیں'' ہم چند منٹ لوکاٹوں میں ٹھہرے ہوں گے، یہ اس نے کچھ کہا ہو لیکن چڑیوں کی بم چیخ نے کچھ نہ سننے دیا، اور جب میں نے کچھ سنا ہی نہ تھا تو جواب کیا دیتا لیکن میں کچھ سنوں یا نہ سنوں۔ وہ کچھ کہے نہ کہے۔ مجھے یقین ہو گیا تھا کہ وہ میری طرف شادی کا ہاتھ بڑھا رہی ہے۔

مینورات بھر حدیقہ میں ٹھہر کر صبح شاہی کوٹلہ لوٹ گئی۔ اس کی اس بے توقع آمد نے میری چاہت کو ہزار گنہ رنگ دے دیا تھا۔ جب امید بر آنے لگے تو طبیعت بھڑک سی جایا کرتی ہے۔ میں نے گل پارہ خانم کے ذریعے والدین سے کہلوایا، کہ وہ مینو کے لیے ابتداء کریں لیکن وہ تو یہ رشتہ ذرا بھی قبول کرنے کے لیے تیار نہ تھے۔ والدہ برملا کہتی تھی۔ وہ تتلی جسے ہمارے پھولوں پر سایۂ ذالنا گوارہ نہ تھا۔ تو جب کسی کل چڑے نے اس کے پروں میں بھبھا کا کھول دیا تو اب وہ ادھر کیوں اڑ کر آنے لگی۔ فوجیوں کی کمی نہیں وہ اب بھی کوئی اور فوجی ڈھونڈ لیں۔'' بس وہی ادھ کھائے امرود کا مسئلہ درپیش تھا یہ لوگ مینو کو کسی صورت بھی بہو بنانے کو تیار نہ تھے۔

میں نے مینو کو چٹھی لکھی، اس میں کوئی القاب نہ تھا۔

مینو!

تمہیں معلوم ہی ہے کہ میں تمہارے لیے کب سے بے قرار پھرتا ہوں۔ حالانکہ تمہارے والدین مجھے مسترد کر چکے ہیں..... اب کیا ہوگا؟ ادھر میرے گھر والے بھی نہیں مانتے تم ہی کوئی ترکیب لڑاؤ۔ یہ نہ مانیں تو نہ مانیں میں اس ضمن میں آزاد ہوں اور تم بھی.....

مینو نے اس خط کا کوئی جواب نہ دیا۔ تو میں نے فون پر بات کی۔

''میرا خط پہنچ گیا ہوگا؟''

''جی.....''

''اور جواب؟''

''ایسے خط شرمندہ جواب نہیں ہوا کرتے آپ سے خط و کتابت روا نہیں۔''

''تو پھر میرے گھر والے تو راضی نہیں۔''

''وہ رضامند نہیں تو ہم بھی رضامند نہیں۔''

''کیوں؟..... قصور؟

''جب تک ہمارے والدین رضامند نہ ہوں۔''

''تو میں کب تک یوں بیٹھا رہتا رہوں۔''

جب تک وَن کال نہ پڑ جائے۔''

(د)

جب میں نے یہ داستان شاہی کوٹلہ کے اسی سہ منزلہ پر بیٹھ کر ساون کی ٹھنڈی ٹھنڈی بھینی بھینی مگن ہوا میں سانس لیتے ہوئے جمالی کو سنائی تو اس نے کہا۔

''عالی خان! سب ٹھیک ٹھاک ہو جائے گا۔ چنانچہ اس نے میری عدم موجودگی میں کوئی جادو چلاتے ہوئے میرے والدین کو درست کر لیا۔ لیکن جب مینو کے گھر پیغام رسانی کی گئی تو وہ نہ مانتے تھے ان کا خیال تھا کہ اس طرح لڑکی سُسرال میں خوش نہ رہ سکے گی۔ حدیقہ والے ہمیشہ سوچتے رہیں گے کہ'' اس کے ساتھ وہ حادثہ پیش آ چکا ہے۔ یہ عفیف نہیں، اور اسی لیے

ہمارے لائق بھی نہیں ہے اسے کیوں سر مڑھا گیا۔ یہ کچوکے کس سے برداشت ہوسکیں گے؟'' شادی اب پھر جوکھوں میں پڑ گئی تھی۔ جمالی مینو کے گھر جانے کو تیار نہ تھا، البتہ اس نے اس کنیز کو وہاں بھیجا جس نے مرمریں صحن میں اس رات شور مچایا تھا۔ اس کنیز کے ساتھ ایک مفصل خط مینو کا دوپٹہ، رومال اور کانوں کا ایک جواہر جڑاؤ ویزا بھی تھا۔ اس طلسمی واقعے کی تہہ میں جمالی کی تیز ذہنیت کارفرما تھی۔ یہ تکلف اس نے میرے لیے پیدا کیا تھا۔ حسن جہاں افروز بیگم مینو سمپورن تھی۔ امرود کے کسی کے ہونٹ تک مس نہ ہوئے تھے لنکا کے کوٹ میں تا حال ایک تانگی نہ پڑی تھی۔ یہ سارا کھیل جمالی نے اپنی بات پوری کرنے کو رچایا تھا۔

اب اس عفیفہ کا رشتہ بدر سے بھی ہو سکتا تھا لیکن اس طرف جو سرد مہری برتی گئی اس نے پالا چتا دیا۔ بدر بہت تڑپا لیکن اس نے تو چراغ سے اپنی بتی خود ہی نکال دی تھی۔ اب وہ چراغ دوسرے کی بتی سے روشن ہونے والا تھا اور یہ روشنی یقیناً زیادہ اجلی اور دیرپا ثابت ہونے والی تھی۔ سیکنڈ لفٹیننٹ بدر کو دوسرا موقع کون دیکتا۔

بھر بھر سے بھر بھر سے سفید بادلوں میں نیلا آسمان نظر آ رہا تھا۔ صحن چمن میں موسری کی خوشبو بسی ہوئی تھی۔ لمبے لمبے تیلیا نیلے بازوؤں اور سفید پیٹ والے پہاڑی کستورے غٹرغوں کرتے ہوئے کوٹھے کے پیش گاہ پر اڑتے بیٹھتے پھر رہے تھے۔ ان کی ٹرٹر سے چاؤ کی خوشی پھوٹ رہی تھی۔ میں شام کے وقت لان میں سوگی اور کسمسایہ سا بیٹھا پیڈسٹل پنکھے کی ہوا کھا رہا تھا کہ جمالی نے آ کر مجھے یہ فرحت آمیز خبریں سنائیں۔ اور میں نے اس کا داہنا ہاتھ اپنے ہاتھ میں لیکر از راہِ تشکر چوم لیا جو اس کی کوشش نہ ہوتی تو معاملہ پھر کھٹراک میں پڑ گیا تھا۔ مجھے اتنی خوشی ہو رہی تھی کہ جنگلی ہرن کی طرح قلانچیں بھرتا پھرنے لگوں۔

جب اہل حدیقہ اور شاہی کوٹلہ والوں کی باہمی غلط فہمیاں دور ہو گئیں تو میں اور مینو دلہا دلہن بن گئے، میں نے اول ملاقات میں اس سے کہا۔

''پہلے پیار پھر شادی اور شادی کے بعد بھی مسلسل پیار۔''

''پہلے تو میرا نظریہ اس سے کچھ مختلف تھا۔ اب اپنا نظریہ کوئی نظریہ نہیں رہا۔''

''کس لیے''

''اس لیے کہ اب تو شرعاً و عرفاً جو آپ کا نظریہ ہے، وہی میرا بھی ہے؟''

''پہلے تو آپ مجھے لاجواب کر دیا کرتی تھیں۔''

''اب آپ ہی وہ دستور العمل چھوڑ چکی ہوں، اب تو لاریب آپ کی رضا میری رضا ہے۔ اور وہ جو پہلے مجھ میں دخل فصل معلوم ہوا کرتا تھا وہ دخل فصل ہرگز نہیں نہ تھا مجھے تو آپ سے بڑی نزدیک کی نسبت تھی آپ تو شہ رگ سے بھی زیادہ میرے قریب ہیں۔ لیکن میری جبلت تربیت، وضع داری نے مجھے جکڑ رکھا تھا۔ میں آپ کو جواب باصواب نہیں دے سکتی تھی۔ مسیح مرد ہونے کے باوجود جب مصلوب کیے گئے تو چلائے تھے۔ آٹھ پہر ضبط کی سولی پر ہونے کے باوجود میرے منہ پر نالہ و فریاد نہ تھا۔ میں اپنے ضبط کی خود آپ کی داد دیا کرتی تھی۔ لیکن کبھی کبھی میرا قدم بھی ڈگمگانے لگتا تھا۔ مثلاً جب آپ سپر سپر چائے پی رہے تھے۔ تو آپ نے مجھے قتل ہی تو کر ڈالا تھا۔ آپ کے اُن سپر سپر کرتے ہوئے ہونٹ کی جنبش کیا بتاؤں کیسی معلوم ہوتی تھی، بس میں بتا نہیں سکتی۔''

''پر آپ تو مجھے چڑانے کے لیے خود بھی سپر سپر چائے پینے لگی تھیں۔

''آپ نے وہ سپر سپر تو ملاحظہ فرمائی تھی لیکن یہ ملاحظہ نہ فرمایا تھا کہ میں اپنے ہونٹ بھی تو کاٹ رہی تھی۔''

''لیکن جو کہیں آپ کی شادی اس فوجی سے ہو جاتی تو کیا آپ کو پھر بھی میرا خیال رہ سکتا تھا۔''

''کبھی بھی نہ رہ پاتی جو میں اس کی ذرا سی سرسراہٹ محسوس کرتی تو اسے اس طرح علیحدہ کر دیتی جیسے ترازو کے پلڑے سے تولا ہوا بوجھ، اور میں اپنی طبیعت بدر سے ذوق و شوق کے ساتھ باندھ لیتی۔''

ooo